LA LETTRE DE MOTIVATION

Éditions d'Organisation
1, rue Thénard
75240 Paris Cedex 05
Consultez notre site :
www.editions-organisation.com

DES MÊMES AUTEURS

– *Tester et développer sa mémoire*, Eyrolles Pratique, 2004.

– *L'entretien de motivation*, Eyrolles Pratique, 2003.

– *Le CV et la lettre de motivation*, Eyrolles Pratique, 2003.

Cet ouvrage a fait l'objet d'un reconditionnement à l'occasion de son troisième tirage (nouvelle couverture). Le texte de l'ouvrage reste inchangé par rapport au tirage précédent.

ISBN : 2-7081-3374-8

Patrick de SAINTE-LORETTE
Jo MARZÉ

LA LETTRE DE MOTIVATION

Troisième édition
Troisième tirage 2005

Éditions
d'Organisation

Sommaire

Troisième partie
Comment présenter votre candidature

Préface

Directeur des ressources humaines depuis près de dix ans, je suis amené à examiner chaque jour de nombreuses lettres de motivation. Le temps moyen consacré à la lecture de chaque lettre est très limité compte tenu de nos multiples activités, c'est dire toute l'importance qu'il faut attacher tant à la forme qu'au fond.

Nombre de candidatures ne sont pas examinées parce que la présentation augure de peu de respect et d'attention portés au récepteur du message.

L'ouvrage de **Patrick de Sainte-Lorette et de Jo Marzé** est à cet égard riche d'enseignements et se doit d'être lu et mûri par l'ensemble des postulants afin d'accroître leurs chances d'accéder à la première sélection du dossier de candidature.

Par ailleurs, il aidera de nombreux candidats à réfléchir sur leurs motivations essentielles avant d'entrer dans la vie active, car il est rare de rencontrer des jeunes décidés, volontaires et forts dans leurs convictions.

Je ne peux donc que chaleureusement recommander cet ouvrage à tous les postulants.

Gabriel Bacq
directeur des ressources humaines de l'AFNOR,
président du groupe ANDCP[1] Défense.

1. ANDCP : Association Nationale des Directeurs et Chefs du Personnel.

Remerciements

Nous remercions tous ceux qui nous ont permis d'intervenir dans leurs établissements d'enseignement pour animer des sessions portant soit sur les techniques de recherche d'emploi, soit sur les techniques de préparation à l'entretien des concours d'entrée aux grandes écoles. Ils ont ainsi contribué à la réalisation de ce livre.

En effet, lors de ces sessions, nous avons perfectionné les méthodes de recherche et sélection des atouts, de justification du projet professionnel et de présentation de candidature abordées dans cet ouvrage.

Nous remercions, en particulier, M. Alain Joseph, directeur de l'ESLSCA, **MM. Gérard Larguier et Patrick Noël,** directeurs d'IPESUP et de PREPASUP, M. Pascal Gauchon, directeur pédagogique de PREPASUP et de PREPACOM, **Mme Brigitte Lebrec,** directrice de PCS et de l'INSAM.

Nous remercions aussi les centaines d'élèves qui, depuis plusieurs années, ont suivi, à l'IRSEP[1], nos cours particuliers de perfectionnement en « entretien des concours », « recherche d'emploi », « expression orale ».

Bien que ce livre s'adresse essentiellement aux étudiants, notre expérience en formation d'adultes dans les stages d'efficacité personnelle nous a aussi aidés. Nous remercions les nombreuses entreprises et administrations qui ont fait appel à nos services.

Enfin, nous remercions, pour ses judicieux conseils, **M. Jean-Pol Lallement,** directeur de BSA, conseil en recrutement.

Nous dédions ce livre à Brice et Anaïs.

1. IRSEP (Institut des Relations Sociales et de l'Efficacité Personnelle) situé à Paris 16e.

Avant-propos
La lettre de motivation en sept questions

1. POURQUOI UN LIVRE SUR LA LETTRE DE MOTIVATION ?

À ce jour, peu de livres ont été rédigés entièrement sur ce thème qui est traité habituellement en deux ou trois pages seulement dans les ouvrages spécialisés.

Or, les besoins sont réels. Comment trouver et sélectionner ses atouts ? Comment justifier son projet professionnel ? Et enfin comment exprimer tout cela dans sa lettre ? De nombreux étudiants nous demandent des conseils. En effet, une bonne lettre de motivation est difficile à rédiger. Elle est cependant indispensable pour obtenir un emploi ou un stage dans une entreprise, et même pour intégrer certains établissements d'enseignement.

Depuis plusieurs années, nous avons mis au point des méthodes pour aider les postulants à trouver et sélectionner leurs atouts, à justifier leur projet professionnel et à présenter leur lettre de candidature. Ces méthodes, dont nous avons testé l'efficacité auprès de nombreux étudiants, vous sont présentées dans ce livre.

Il existe des méthodes efficaces pour bien rédiger sa lettre de motivation.

2. CES MÉTHODES SONT-ELLES FACILES À METTRE EN ŒUVRE ?

Tout à fait. Ces méthodes sont simples à condition de respecter les différentes étapes.

En effet, cet ouvrage est composé essentiellement de méthodes complémentaires. Ainsi, nous proposons une méthode pour répondre aux attentes du recruteur, une autre méthode pour rechercher, classer et sélectionner ses points forts, deux méthodes sur la recherche des preuves à fournir, une méthode d'analyse d'une annonce, cinq méthodes de classement des arguments selon le type de candidature, une méthode de rédaction des arguments, etc.

> Il existe des méthodes simples et complémentaires
> pour bien rédiger sa lettre.

3. QU'EST-CE QU'UNE LETTRE DE MOTIVATION ?

> C'est une lettre d'intention adressée à un établissement d'enseignement ou à une entreprise dans le cadre d'une procédure de sélection et destinée plus particulièrement à une personne que nous appellerons le recruteur.

Chaque procédure de sélection est constituée d'un nombre variable d'éléments dont voici les plus fréquents :

- le curriculum vitae ;
- le dossier scolaire (en milieu scolaire uniquement) ;
- le dossier de motivation ;
- l'entretien individuel ;
- l'entretien collectif ;
- les tests ;
- l'analyse graphologique ;
- les essais (en milieu professionnel uniquement).

Et bien entendu :

- **la lettre de motivation**.

Cette dernière est presque toujours exigée par la procédure. Quand cela n'est pas le cas, elle est toutefois nécessaire pour justifier sa démarche. Donc une lettre d'accompagnement est pratiquement obligatoire.

Etant censée véhiculer librement les intentions personnelles du candidat sans contrainte de fond ni de forme, elle est l'élément potentiellement le plus original.

> La lettre est un élément essentiel de l'acte de candidature.

4. À QUOI SERT UNE LETTRE DE MOTIVATION ?

Dans le cas d'une procédure prévoyant un entretien, la lettre doit donner au recruteur envie de rencontrer le candidat. Si l'entretien est facultatif, le recruteur doit éprouver le besoin de provoquer l'entretien avant de statuer. Si l'entretien est systématique, il doit éprouver déjà un intérêt particulier avant de le commencer.

Dans le cas d'une procédure se résumant à un simple dépôt de dossier ou de CV, la décision étant prise « sur pièces », la lettre doit donner envie de lire ces autres documents. Elle doit aussi inciter le recruteur à intégrer le candidat plutôt que tout autre.

> La lettre doit inciter le recruteur à rencontrer le candidat
> ou à lire les autres documents.

5. À QUOI RECONNAÎT-ON UNE BONNE LETTRE DE MOTIVATION ?

Une bonne lettre doit fournir des réponses satisfaisantes aux deux questions que se pose tout recruteur :

– **Qu'est-ce que ce candidat m'apporte de plus ?**
– **Puis-je me fier à ce candidat ?**

Des réponses décevantes à ces questions auraient un effet dissuasif.

> La lettre doit répondre de façon efficace
> aux attentes du recruteur.

6. QUE DOIT-ON METTRE DANS UNE LETTRE DE MOTIVATION ?

– Des éléments personnels (expérience, approche d'un problème, vision de certains événements, énergie particulière, implication diverse...) susceptibles d'apporter un « plus » original à la candidature.

– Des éléments tangibles (réalisations antérieures, capacités personnelles, niveau d'instruction, diplômes...) susceptibles d'apporter des preuves et de mettre en confiance le recruteur.

– Des éléments conformes aux attentes de l'organisme recruteur (degré d'adhésion, volonté d'implication, certaines qualités, convergence d'intérêts, perspectives d'avenir...) susceptibles d'apporter des garanties sur l'opportunité de la candidature et la détermination du candidat.

Tous ces éléments constituent les **points forts** du candidat.

> La lettre doit présenter les points forts du candidat.

7. EXISTE-T-IL DES MODÈLES DE LETTRES DE MOTIVATION ?

La lettre varie, au moins, en fonction de trois paramètres :

– la procédure de sélection ;
– la nature de l'offre ;
– la qualité de la candidature.

Chaque lettre doit être conçue au cas par cas, ce qui exclut la possibilité de réaliser des modèles. Néanmoins, nous avons présenté, tout au long de l'ouvrage, de nombreux exemples avec leurs aspects négatifs et positifs. Vous pourrez, bien entendu, vous en inspirer. Mais nous vous déconseillons vivement de céder à la tentation de les reproduire tels quels.

Chaque lettre doit être unique.

PREMIÈRE PARTIE

Comment trouver et sélectionner vos atouts

Chapitre

1 LA MÉTHODE DES ATTENTES

Pour bien communiquer, il faut être capable de voir les choses du point de vue de l'interlocuteur. C'est une règle bien connue qui permet, dit-on, de résoudre la moitié des difficultés.

Il s'agit ici de tenir compte des attentes du recruteur, de ses préoccupations.

1. LES ATTENTES DU RECRUTEUR

L'intégration dans un établissement d'enseignement ou une entreprise marque le début d'une collaboration nouvelle. Le recruteur la souhaite des plus fructueuses. Il espère trouver un bon partenaire.

C'est pourquoi il cherche des garanties sur les qualités réelles[1] du candidat. Est-il à la hauteur de ses affirmations ? de ses prétentions ? Est-il digne de confiance ? Il craint de se tromper de partenaire. Ses craintes sont d'ailleurs souvent beaucoup plus fortes que ses espérances.

1.1. Les espoirs du recruteur

Les espoirs du recruteur sont évoqués dans une question principale.

– **Qu'est-ce que ce candidat m'apporte de plus ?**

Il en découle plusieurs autres.

– Qu'est-ce que ce candidat m'apporte de différent ?
– Compte-t-il des réalisations à son actif ?
– A-t-il concrétisé ses connaissances par des travaux particuliers ?
– Qu'a-t-il réalisé de marquant ?
– Etc.

1. Lire à ce sujet les soixante critères de sélection et comment satisfaire à ceux-ci dans la deuxième partie de *L'entretien de motivation*, de Patrick de Sainte-Lorette et Jo Marzé, dans la même collection, aux Editions d'Organisation.

1.2. Les craintes du recruteur

Les craintes du recruteur se manifestent dans une question essentielle.

– **Puis-je me fier à ce candidat ?**

Il en découle plusieurs autres.

- Le candidat correspond-il au profil recherché ?
- Ses arguments sont-ils probants ?
- Sa formation répond-elle au poste proposé ?
- Quelles sont ses références ?
- Risque-t-il de quitter l'entreprise prochainement ?
- Le poste proposé correspond-il réellement à ce qu'il recherche ?
- Quelles sont ses qualités pour le poste ?
- Etc.

2. LES RÉPONSES AUX ATTENTES DU RECRUTEUR

Pour le candidat, le constat précédent ouvre deux directions de recherche.

– **Qu'est-ce qui pourrait éveiller les espérances du recruteur ?**

– **Qu'est-ce qui pourrait atténuer les craintes du recruteur ?**

La lettre qui apporte des réponses satisfaisantes à ces deux points gagne en efficacité.

Il appartient donc au candidat de trouver les éléments de réponse. Pour vous aider dans votre recherche, nous proposons une méthode visant à mettre en évidence les grands thèmes auxquels vous pouvez faire référence.

2.1. Les atouts originaux

Voici un certain nombre de questions que le candidat peut être amené à se poser en fonction des différentes situations.

Ces listes ne sont pas exhaustives. Vous pourrez les compléter à votre gré.

La méthode est simple. A partir de chaque question posée, vous analysez votre cas personnel. Chaque fois qu'une idée vous apparaît, vous la notez succinctement dans la partie réservée à cet usage. Il est inutile, à ce stade, de détailler.

- **Pour un établissement d'enseignement**

Notez vos réponses ci-dessous.

En quoi ai-je effectué une scolarité différente ?
- enseignement polyvalent ? ....
- spécialisation ? ....
- études à l'étranger ? ....

Quelles sont les réalisations particulières à mon actif ?
- achevées ? ....
- en cours ? ....
- valorisantes ? ....
- chiffrées ? ....

Ai-je des expériences de stage ?
- en France ? ....
- à l'étranger ? ....

Ai-je effectué des travaux de recherche ?
- exposés ? ....
- mémoires ....
- rapports de stages ? ....

Ai-je exercé une activité professionnelle ?
- dans quel secteur ? ....
- dans quelle région ? ....
- dans quelle entreprise ? ....
- dans quel poste ? ....

Ai-je exercé d'autres responsabilités ?
- scolaires (responsable de classe...) ....
- sportives (capitaine d'une équipe...) ....
- sociales (moniteur de colonie de vacances...) ....
- familiales (prise en charge scolaire d'un frère ou d'une sœur...) ....
- amicales (organisation d'un voyage, d'un tournoi...) ....
- culturelles (organisation d'un spectacle...) ....

Ai-je d'autres atouts ?
- scolaires (maîtrise de plusieurs langues...) ....
- techniques (connaissances en informatique...) ....
- sportifs (performances lors d'une compétition...) ....
- culturels (participation à une pièce de théâtre, un concert...) ....
- sociaux (membre d'une association caritative...) ....
- intellectuels (connaissance poussée dans un domaine particulier...) ....

Ajoutez ci-dessous d'autres questions et leurs réponses :

....

....

....

- **Pour une entreprise**

Notez vos réponses ci-dessous.

Ai-je une expérience professionnelle ?
- dans le poste ? (ou similaire ?) ....
- dans le secteur d'activité ? (ou similaire ?) ....

Ai-je une expérience de stage ?
- dans le poste ? (ou similaire ?) ....
- dans le secteur d'activité ? (ou similaire ?) ....

Ai-je une formation polyvalente ?
- en quoi ? ....
- quelles techniques ? ....
- quelles méthodes ? ....

Ai-je une formation spécifique ?
- quelles matières ? ....
- quelles options ? ....
- quels travaux de recherche ? ....
- quels mémoires ? ....

Ai-je une formation étrangère ?
- laquelle ? ....
- particularités ? ....
- méthodes de travail ? ....

Ai-je réalisé des travaux concernant l'entreprise ?
- missions ? ....
- enquêtes ? ....
- études ? ....
- rapports ? ....

Ai-je réalisé des travaux concernant le secteur d'activité ?
- missions ? ....
- enquêtes ? ....
- études ? ....
- rapports ? ....

Suis-je susceptible d'apporter des débouchés nouveaux ?
- dans un secteur géographique particulier ? ....
- dans un domaine de compétence particulier ? ....
- dans un milieu relationnel particulier (professionnel, estudiantin, sportif, artistique, social...) ? ....

Comment ai-je mis en œuvre ma personnalité ?
- responsabilités diverses exercées ? ....
- atouts divers maîtrisés ?
- quand ai-je fait preuve d'adaptabilité à diverses situations ? ....
- quand ai-je montré des capacités d'évolution ? ....

Ajoutez ci-dessous d'autres questions et leurs réponses :

....
....
....
....

2.2. Les atouts sécurisants

Vous utilisez la même méthode que précédemment.

- **Pour un établissement d'enseignement**

Notez vos réponses ci-dessous.

Est-ce que je possède les bases indispensables ?
- diplômes actuels ? ....
- équivalences ? ....
- mentions ? ....
- classement ? ....
- appréciations ? ....

Quelles sont mes références ?
- établissements fréquentés ? ....
- jobs effectués ? ....
- stages réalisés ? ....
- cursus suivi ?

Dans quelles situations ai-je manifesté de bonnes capacités de travail ?
- situations qui exigeaient de l'assiduité ? ....
- situations qui exigeaient de la persévérance ? ....
- situations qui exigeaient le sens de l'effort ? ....
- situations qui exigeaient le goût de la compétition ? ....

L'enseignement prodigué dans cet établissement correspond-il à mes besoins ?
- Achèverai-je les études que je me propose de commencer ? ....
- Y a-t-il cohérence entre ces études et mon projet professionnel ? ....
- Ces études sont-elles dans la continuité logique de mon cursus ? ....
- Evitent-elles des redondances avec ma scolarité antérieure ? ....
- Ai-je une idée juste du contenu qui va m'être proposé ? ....
- Suis-je familiarisé avec les méthodes de travail pratiquées dans cet établissement ? ....

Y a-t-il corrélation entre mon projet professionnel et le marché actuel de l'emploi ?
- laquelle ? ....
- pourquoi ? ....

Ajoutez ci-dessous d'autres questions et leurs réponses :

....
....
....
....
....
....

- **Pour une entreprise**

Notez vos réponses ci-dessous.

Quel est mon niveau de formation ?
- diplômes ? ....
- équivalences ? ....
- mentions ? ....
- classement ? ....

Quelles sont mes références professionnelles ?
- précédents emplois ? ....
- jobs effectués ? ....
- stages réalisés ? ....

Quels niveaux de responsabilité ai-je assumés ?
- moyens en personnel ? ....
- moyens budgétaires ? ....
- secteur géographique ? ....
- fonction dans l'organigramme ? ....

Ai-je atteint les objectifs qui m'avaient été fixés ?
- lesquels ? ....
- les objectifs ont-ils été dépassés ? ....
- les objectifs ont-ils été atteints plus rapidement que prévu ? ....

Quelles sont mes qualités pour le poste proposé ?
- combativité ? ....
- persévérance ? ....
- disponibilité ? ....
- sens de l'organisation ? ....
- sens du travail en équipe ? ....
- goût pour les tâches concrètes ? ....
- etc.

Quelles réalisations particulièrement marquantes ai-je menées à leur terme ?
- lesquelles ? ....
- comment ? ....

Suis-je familiarisé avec les méthodes de travail pratiquées dans l'entreprise ?
- pourquoi ? ....
- dans quels cas ? ....

Ajoutez ci-dessous d'autres questions et leurs réponses :

....
....
....
....
....
....

Chapitre

2 LA MÉTHODE DES POINTS FORTS

Pour être efficace, la lettre doit répondre aux attentes du recruteur par l'énumération d'atouts originaux et sécurisants.

Mais ceux-ci doivent être choisis parmi tous les points forts du candidat.

1. LES DIFFÉRENTES CATÉGORIES DE POINTS FORTS

1.1. Les aptitudes

> Les aptitudes sont des qualités physiques ou intellectuelles. Elles sont mises en évidence dans certaines circonstances, notamment lorsque l'individu doit résoudre une difficulté particulière.

Les expériences sollicitent l'intervention de ces dispositions naturelles et occasionnent leur développement.

Les aptitudes doivent être illustrées par les circonstances dans lesquelles elles se sont manifestées. Ces exemples ont, en effet, un rôle de preuve indispensable.

Par exemple, *il faut écrire* « ... sens de l'organisation confirmé lors de mon dernier stage » *et non pas* : « J'ai le sens de l'organisation » sans autre référence.

1.2. Les compétences

> Les compétences correspondent au savoir et au savoir-faire. Elles peuvent être théoriques ou pratiques.

Il peut se trouver, dans certaines professions dites « intellectuelles », que certaines maîtrises techniques ou physiques soient fort utiles. Par exemple la pratique d'un logiciel, d'un dialecte ou d'un sport. Il serait alors dommage de ne pas les signaler. Un savoir-faire manuel peut être le résultat particulièrement apprécié d'un long apprentissage.

Les compétences sont acquises par le biais des études, des stages, mais aussi à l'occasion de voyages, de recherches personnelles et d'activités de loisir.

Là encore, prenez soin de relever les circonstances dans lesquelles tel savoir ou savoir-faire a pu être intégré et, surtout, appliqué.

Par exemple, *il vaut mieux écrire* : « Ce poste me permettrait d'exploiter des connaissances en fiscalité des entreprises, confirmées lors de mon stage en cabinet d'expertise comptable », *plutôt que* : « Je possède des connaissances en fiscalité des entreprises utiles pour ce poste. »

1.3. Les motivations

> Les motivations constituent une force qui pousse l'individu à l'action. Elles sont à la base de tout comportement.

Il est important de manifester vos goûts pour le secteur d'activité, pour l'entreprise, pour les objectifs à réaliser dans le poste.

Par exemple, *écrivez* : « Lors de la pratique de mon sport favori (tennis, ski, roller...), j'ai toujours été sensible au choix du matériel. C'est pourquoi le domaine de l'équipement sportif m'intéresse particulièrement. » *C'est préférable à* : « Je suis très motivé par le domaine de l'équipement sportif. »

Il faut aussi montrer votre intérêt pour certaines tâches particulières de la fonction. Surtout si celles-ci occupent une part importante du temps de travail.

Par exemple : « L'été dernier, j'ai été moniteur de voiles. J'avais la responsabilité d'un groupe de vingt enfants. J'ai ainsi eu confirmation de mon goût pour l'animation d'un groupe. »

2. LA STRATÉGIE

2.1. La recherche des points forts

Dans un premier temps, vous rassemblez tous les arguments possibles.

À ce stade, peu importe de savoir s'ils seront utilisés ni quand et comment. Il n'est pas toujours possible ou habile de tout dire. La sélection s'effectuera par la suite.

Pour l'instant, il s'agit ici de vous donner les moyens d'un large choix. Il faut vous assurer que vous n'avez pas oublié de points forts, même mineurs.

Par exemple, pour Paule Hochon, candidate à un poste de styliste :

« J'ai suivi l'école des Arts déco »

« Je parle bien anglais. »

« J'ai joué pendant cinq ans dans une équipe de volley. »

« J'ai négocié le prix de vente de l'appartement de mes parents. »

« Mon hobby, c'est la photo. »

« J'aime bien dessiner. »

« J'ai été plusieurs fois hôtesse d'accueil dans des salons-expositions. »

« J'aimerais devenir, dans quelques années, responsable de collection pour créer une gamme ou une ligne de produits. »

« J'ai de la volonté : je fais régulièrement des régimes amaigrissants. Étant gourmande, je fais particulièrement attention à ma ligne. »

« J'ai dessiné sur des feuilles de papier mes idées de création d'un style nouveau pour la mode enfants. »

« J'ai voyagé dans plusieurs pays étrangers. »

2.2. Le classement des points forts

> Lorsque vous estimez le résultat de vos recherches suffisant pour passer à la suite, vous évaluez et classez vos points forts par rang décroissant d'efficacité.

Une méthode simple peut être utilisée pour faciliter la prise de décision. Il suffit de vous poser la liste des questions suivantes :

« Si je n'avais le droit d'utiliser qu'un seul argument pour appuyer ma candidature, lequel choisirais-je ? »

La réponse désigne le premier argument. La seconde question est alors nuancée de la façon suivante :

« Et si l'on m'interdisait l'argument que je viens de désigner, lequel choisirais-je ? »

Le second argument sera identifié de la même façon que le premier. Ensuite, vous agissez de même jusqu'à épuisement de la liste.

Par exemple, pour la candidate Paule Hochon :

- formation Arts déco ;
- goût pour la photo ;
- intérêt pour le dessin ;
- facilités de contact (hôtesse) ;
- créativité (style nouveau) ;
- sait imposer ses idées (négociation pour vente appartement) ;
- goût pour les voyages ;
- motivation pour la profession (projets d'avenir) ;
- bonne connaissance de l'anglais.

Certaines idées, que vous jugez inutiles, peuvent être abandonnées dès maintenant :

- volontaire (régimes amaigrissants) ;
- active, persévérante (équipe de volley).

2.3. La sélection des points forts

La lettre fait partie d'un ensemble de différents supports de candidature. Elle y joue un rôle primordial. Elle doit faire le point sur l'essentiel.

La sélection des points forts retenus pour la lettre s'opère en deux temps.

1) **Confirmer, sous une forme différente, les atouts majeurs.**

La répétition de certains points forts est nécessaire.

Par exemple, la lettre de Paule Hochon pourrait mentionner :

« Mes aptitudes à la photo et au dessin constituent des atouts supplémentaires. »

Ces deux thèmes doivent être illustrés d'une autre façon dans le CV ou le dossier de motivation.

2) **Affirmer un atout majeur qui n'apparaîtrait pas explicitement sur les autres supports.**

Dans l'exemple choisi, Paule Hochon estime qu'elle est disponible et mobile. Mais cela ne peut se discerner sur son CV où l'information apparaît sous la forme suivante :

« Voyages effectués : Grande-Bretagne, Italie, Grèce, Turquie, Espagne. »

Dans sa lettre, Paule Hochon mentionne alors :

« J'aime voyager. Étant disponible, je ne crains pas les déplacements. »

Chapitre

3 LES MÉTHODES DES PREUVES

L'affirmation des aptitudes (originales et sécurisantes), des compétences (originales et sécurisantes), des motivations (originales et sécurisantes) doit être prouvée par des exemples.

1. LES TABLEAUX D'INVENTAIRE

Afin de faciliter votre tâche, nous avons réalisé différents tableaux d'inventaire. Vous pouvez compléter chaque tableau à votre convenance.

Passez méthodiquement en revue chaque liste.

À chaque proposition, interrogez-vous.

- Suis-je concerné par la caractéristique indiquée ?
- En quelles circonstances m'a-t-elle été révélée ? où ? quand ? comment ?
- M'a-t-elle été confirmée de façon indiscutable ? où ? quand ? comment ?
- M'a-t-elle assuré un succès conséquent ? où ? quand ? comment ?
- S'est-elle renforcée continuellement ? occasionnellement ? où ? quand ? comment ?

Notez sommairement vos réponses sur une feuille de brouillon. Lorsqu'une réponse éclaire, selon vous, la caractéristique d'un jour avantageux, elle est retenue comme preuve.

Cherchez le maximum de preuves pour une même caractéristique. Ensuite, choisissez les trois preuves les plus spectaculaires et classez-les par rang décroissant d'efficacité. Si les contextes des situations retenues à cet effet sont très différents, l'impact n'en sera que plus grand. Si vous ne trouvez qu'une ou deux preuves, c'est mieux que rien.

Chaque élément de preuve est alors synthétisé en un ou deux mots. Les mots clés sont consignés sur les tableaux ci-après face à l'atout qu'ils sont censés prouver.

1.1. Les aptitudes

	Mots clés des principales preuves		
APTITUDES	MAJEURE	MOYENNE	MINEURE
Résistance à la fatigue, puissance de travail .			
Sens de l'initiative, esprit de décision			
Combativité, ténacité, application			
Aptitude au commandement			
Adaptation au milieu, faculté d'assimilation			
Esprit de coopération			
Diplomatie, tact			
Sens des responsabilités			
Honnêteté, fidélité à des engagements			
Faculté d'observation			
Facilité d'expression			
Faculté d'écoute			
Goût de l'action, pragmatisme, sens pratique .			
Capacité d'abstraction			
Esprit d'analyse, esprit de synthèse			
Sens de l'organisation			
Curiosité, ouverture d'esprit			
Imagination, créativité, innovation			
Objectivité, sens critique, rigueur intellectuelle			
Égalité d'humeur, résistance aux agressions .			
Aptitude à convaincre, aptitude à négocier			
Autres aptitudes			
....			
....			
....			
....			

1.2. Les compétences

	Mots clés des principales preuves		
COMPÉTENCES	MAJEURE	MOYENNE	MINEURE
Professionnelles			
Stages			
Jobs d'été			
Vie associative			
Vie scolaire			
Enquêtes			
Études			
Travaux pratiques			
Encadrement d'une équipe			
Techniques de base			
Options choisies			
Langues étrangères			

Langages techniques .... Méthodes de travail .... Hobbies.. Sports .... Culture générale .... Connaissances techniques .... Connaissances artistiques .... Autres compétences :			

1.3. Les motivations

	Mots clés des principales preuves		
MOTIVATIONS	MAJEURE	MOYENNE	MINEURE
Créer, imaginer, innover .... Assumer des responsabilités .... Prendre des décisions .... Mener à son terme une réalisation .... S'engager .... Dynamiser .... Entraîner une équipe .... Établir des relations sociales .... S'enrichir par la confrontation .... Organiser .... Calculer .... Rédiger .... Se déplacer .... Rechercher des informations .... Improviser .... Vérifier .... Expliquer .... Apprendre aux autres .... Recevoir des doléances .... Réparer les erreurs .... Respecter les délais, les horaires .... Travailler dans une ambiance hostile .... Autres motivations :			

2. LE JEU DU « POURQUOI ? ET ALORS ? »

La technique des tableaux ci-dessus vise à montrer la réalité des atouts découverts par les méthodes des attentes et des points forts.

> Il existe une autre façon de renforcer le moyen précédent pour trouver des preuves.

2.1. La méthode

> Elle consiste en une série de questions sur son passé.

Les questions sont du type : « En quoi ai-je réussi globalement ? » ou « En quelles circonstances suis-je à l'aise ? »

Après chaque réponse fournie, vous vous posez la question **« Pourquoi ? »** suivie de **« Et alors ? »**.

Les questions peuvent être adaptées comme nous le verrons au cours de deux exemples.

En voici les diverses phases.

1. La première question est posée.
2. La réponse est pensée ou formulée oralement. Elle est généralement brève.
3. Dès lors, la question « Pourquoi ? » exige une justification de la réponse, même si celle-ci est négative.
4. La nouvelle réponse doit être la plus complète et précise possible et exprimer un message globalement positif.
5. L'information est reprise et analysée. La conclusion doit mettre en évidence une cause réelle du résultat de l'expérience exploitée.
6. La question « Et alors ? » intervient à ce stade.
7. Le candidat en déduit une disposition positive qu'il consigne dans la liste d'inventaire appropriée.

2.2. Deux exemples d'utilisation

> Nous proposons ici deux simulations de réponses possibles par deux candidats différents, à partir de la même question.

Volontairement, nous avons imaginé deux attitudes opposées afin de montrer que la méthode fonctionne dans tous les cas de figure.

1. La question est :

« Dans quelles circonstances avez-vous fait preuve d'initiative ? »

■ Simulation n° 1

2. Réponse : « Dans le choix de mon dernier stage d'été. »

3. **Pourquoi ?**

4. Réponse : « Parce que c'est une opportunité qui fut entrevue une minute dans une discussion, alors que j'étais en pourparlers pour un stage d'employé de bureau. J'ai découvert qu'il s'agissait d'assister un comptable qui allait être surchargé du fait du départ en vacances de son collègue. Après m'être documenté sur la réalité du poste, je me suis aperçu que ma formation me permettrait d'assurer le remplacement de l'absent. Ce que j'ai alors proposé... et obtenu... après avoir donné toutes les garanties nécessaires... »

5. Analyse : « C'est surtout le fait de constater que j'étais compétent qui m'a permis d'avoir le culot de me proposer. »

6. **Et alors ?** (que peut-on en conclure ?)

7. Réponse. « J'ai une bonne et large formation en comptabilité. Le stage me l'a d'ailleurs confirmé puisque j'ai été capable d'assumer, dans une PME, toutes les tâches comptables jusqu'au bilan. »

Le candidat peut alors clore sa recherche par les mots clés suivants :

Dans la colonne « Compétences » : « Pratique compta PME. »

Dans la colonne « Preuves » : « Stage sté X. »

■ Simulation n° 2

2. Réponse : « Jamais. »

3. **Pourquoi ?**

4. Réponse : « Parce que je n'en ai jamais eu l'occasion. Parce que je ne cherche pas non plus à provoquer des occasions. Parce que je suis un peu effacé. Je n'aime pas prendre des initiatives en groupe. Je déteste me mettre en avant à tout propos... comme certains. Je préfère travailler seul en m'appuyant sur des choses concrètes. C'est d'ailleurs pour cela que j'ai choisi une filière technique. Si je sens que je possède des bases solides, comme en électronique, par exemple, je me sens prêt à tous les culots. Par exemple en matière de recherche appliquée... comme les applications en musique électronique et en vidéo que j'ai commencé à mettre au point, chez moi, pour m'amuser. »

5. Analyse : « C'est le fait de ne pas avoir rencontré d'opportunité dans mon domaine qui m'a empêché jusque-là de prendre des initiatives. »

6. **Et alors ?**

7. Réponse : « En électronique je possède des bases suffisantes pour accepter certaines missions de recherche appliquée. »

Le candidat peut, par exemple, clore sa recherche par les mots clés suivants :

Dans la colonne « Compétences » : « Recherche appliquée. »

Dans la colonne « Preuves » : « Applications personnelles. »

2.3. Exemples de questions pouvant être utilisées par le candidat

■ Questions pour mettre en évidence des aptitudes

– Quelle matière me semble avoir été la plus formatrice ?

– Puis-je collaborer facilement avec les gens qui n'ont pas la même formation, la même culture que moi ?

- Me faut-il un long délai de réflexion avant de prendre une décision ?
- Sais-je utiliser mon pouvoir de séduction ?
- Quelle situation scolaire ou personnelle ai-je eu le plus de difficulté à surmonter ?

■ **Questions pour mettre en évidence des compétences**

- Qu'ai-je conçu, exécuté, organisé et quels ont été les résultats ?
- Ai-je eu à diriger des gens ? à les former ? à les conseiller ?
- Quelles responsabilités ai-je déjà exercées ?
- En quoi suis-je le plus compétent ?
- Qu'ai-je fait de particulièrement marquant ? réalisé d'exceptionnel ?
- De quoi suis-je le plus fier ?
- Quel bilan puis-je tirer de mes jobs de vacances ? de mes stages ?
- Qu'ai-je eu à étudier de particulier ? à expérimenter ?

■ **Questions pour mettre en évidence des motivations**

- Quels sont mes loisirs favoris ?
- Lequel de mes deux parents m'a ouvert le plus de portes sur le monde ?
- Quel domaine m'attire le plus ?
- Que m'apporte un ami ?
- Quel est mon objectif de carrière à long terme (vingt ans) ?
- Quel type de patron aimerais-je avoir ?
- Que fais-je si je gagne cent mille francs au loto ?

DEUXIÈME PARTIE

Comment justifier votre projet professionnel

Chapitre

4 LES DIFFÉRENTS PROJETS

La recherche de vos atouts dans la première partie de cet ouvrage peut vous aider à mieux découvrir le projet professionnel qui vous convient.

Pour être crédible, il faut qu'il y ait cohérence entre les atouts et les projets.

Pour cela, il faut déjà commencer à déterminer votre projet professionnel, puis éventuellement le projet scolaire qui en dépend.

Or, beaucoup d'étudiants ne savent pas ce qu'ils veulent faire plus tard.

Notamment parce qu'ils ne connaissent pas tous les métiers vers lesquels ils peuvent s'orienter.

C'est pourquoi nous commençons par présenter les grandes catégories de projets professionnels.

Ensuite, nous citons les différents projets scolaires qui constituent des moyens pour accéder aux projets professionnels.

1. LES PROJETS PROFESSIONNELS

> Ils sont choisis principalement en fonction des secteurs d'activité et des familles de métiers[1].

1.1. Les secteurs d'activité

Trouvez et justifiez vos motivations pour un secteur d'activité particulier[2].

1. Cf. *Dans quel métiers pouvez-vous réussir ?* de Patrick de Sainte-Lorette et Corinne Goetz, dans la même collection, aux Editions d'Organisation.
2. Vous pouvez utilisez la méthode du « Pourquoi ? Et alors ? » (*cf.* chapitre 3.2).

Notez vos réponses ci-dessous

Pourquoi suis-je intéressé par tel secteur ?

- Le secteur de l'énergie : ....
  - combustibles-minéraux ? ....
  - pétrole ? ....
  - électricité et gaz ? ....
  - distribution gaz, eau... ? ....
- Le secteur de la sidérurgie et de la métallurgie : ....
  - extraction de minerais ? ....
  - production et première transformation des métaux ? ....
- Le secteur des matériaux de construction et du verre ? ....
- Le secteur de la chimie et parachimie ? ....
- Le secteur médical et paramédical ? ....
- Le secteur pharmaceutique ? ....
- Le secteur de la fonderie et du travail des métaux ? ....
- Le secteur mécanique : ....
  - machines agricoles ? ....
  - machines-outils ? ....
  - équipement industriel ? ....
  - matériel de manutention ? ....
- Le secteur électrique et électronique : ....
  - matériel électrique ? ....
  - matériel électronique ? ....
  - équipement ménager ? ....
  - matériel de précision ? ....
- Le secteur de l'automobile : ....
  - construction automobile ? ....
  - réparation automobile ? ....
- Le secteur aéronautique et spatial ? ....
- Le secteur agro-alimentaire : ....
  - industrie de la viande ? ....
  - industrie laitière ? ....
  - fabrication de conserves ? ....
  - boulangerie-pâtisserie ? ....
  - produits alimentaires divers ? ....
  - boissons, alcools ? ....
- Le secteur du textile, du cuir et de l'habillement ? ....
- Le secteur du bois, de l'ameublement, du papier-carton ? ....
- Le secteur des industries graphiques et de l'imprimerie ? ....

- Le secteur du caoutchouc et des matières plastiques ? ....
- Le secteur du bâtiment et des travaux publics ? ....
- Le secteur de la grande distribution ? ....
- Le secteur de l'hôtellerie, restauration ? ....
- Le secteur des transports : ....
  - ferroviaire ? ....
  - routier ? ....
  - maritime et fluvial ? ....
  - aérien ? ....
- Le secteur des télécommunications ? ....
- Le secteur de l'ingénierie ? ....
- Le secteur de l'informatique ? ....
- Le secteur du conseil : ....
  - cabinets juridiques ? ....
  - cabinets d'études socio-économiques ? ....
  - cabinets d'expertise comptable ? ....
- Le secteur de la gestion des ressources humaines : ....
  - cabinets de recrutement ? ....
  - travail temporaire ? ....
  - formation ? ....
  - enseignement ? ....
- Le secteur de l'immobilier : ....
  - cabinets d'architectes ? ....
  - cabinets de métreurs ? ....
  - promoteurs et sociétés immobilières ? ....
  - location et crédit-bail immobilier ? ....
- Le secteur des banques ? ....
- Le secteur des assurances ? ....
- Le secteur de l'action sociale et de la prévoyance ? ....
- Le secteur de la recherche ? ....
- Le secteur de la communication : ....
  - média (presse, radio, télévision) ? ....
  - cinéma ? ....
  - publicité ? ....
  - édition (livres, disques, cassettes) ? ....
- Le secteur du tourisme, des activités culturelles et de loisirs ? ....
- Le secteur de la fonction publique ? ....

1.2. Les familles de métiers

Trouvez maintenant et justifiez vos motivations pour une famille de métiers (ou pour un métier particulier)[1].

Notez vos réponses ci-dessous

Pourquoi suis-je intéressé par tel ou tel métier ?

- Vente, commerce ? ....
- Exportation ? ....
- Mercatique, promotion des ventes ? ....
- Communication, publicité, relations publiques ? ....
- Journalisme ? ....
- Techniciens et ingénieurs de production ? ....
- Techniciens et ingénieurs de chantier ? ....
- Approvisionnements, logistique ? ....
- Méthodes, gestion de production, ordonnancement, contrôle-qualité ? ....
- Entretien, maintenance, sécurité ? ....
- Expertise et assistance technique ? ....
- Informatique de gestion et d'organisation ? ....
- Informatique industrielle et technique ? ....
- Exploitation-maintenance en informatique ? ....
- Recherche, développement ? ....
- Études (scientifiques, techniques, socio-économiques) ? ....
- Consulting, conseil en management ? ....
- Enseignement, formation ? ....
- Gestion administrative, organisation ? ....
- Finances, trésorerie ? ....
- Comptabilité, contrôle de gestion ? ....
- Droit, fiscalité ? ....
- Personnel, ressources humaines ? ....
- Création artistique ? ....
- Urbanisme, architecture ? ....
- Santé, médical, paramédical, social, pharmacie ? ....

1. Vous pouvez utiliser la méthode du « Pourquoi ? Et alors ? » (cf. chapitre 3, 2).

2. LES PROJETS SCOLAIRES

Ils sont choisis en fonction d'une part du type et du niveau d'études et d'autre part de la qualité de l'établissement scolaire. Ce sont des projets de moyens pour atteindre les véritables objectifs constitués par les projets professionnels.

2.1. Le type et le niveau d'études

- **Universités (1er, 2e et 3e cycles)**
  - droit ;
  - économie, gestion ;
  - lettres, philosophie ;
  - langues ;
  - sciences humaines ;
  - sciences de la vie ;
  - sciences de la matière, mathématiques ;
  - informatique ;
  - médecine, dentaire, pharmacie.
- **Terminales (L, ES, S, STI, STT, SMS).**
- **Classes préparatoires :**
  - commerciales ;
  - scientifiques.
- **Grandes écoles :**
  - d'ingénieurs ;
  - de commerce et de gestion.
- **BTS (Brevet de Technicien Supérieur) :**
  - secondaire ;
  - tertiaire.
- **IUT (Institut Universitaire de Technologie) :**
  - secondaire ;
  - tertiaire.
- **Établissements d'enseignement :**
  - artistique (animation, bijouterie, joaillerie, orfèvrerie, cinéma, radio, télévision, décoration, design, architecture intérieure, stylisme, modélisme, dessin publicitaire, graphologie, gravure, photographie...) ;

– agriculture, arboriculture, horticulture, floriculture ;
– alimentation, hôtellerie (techniques de conservation, hygiène alimentaire, industrie alimentaire...) ;
– bâtiments et travaux publics, architecture ;
– bactériologie, biochimie, biologie ;
– industrie (dessin industriel, électromécanique, mécanique de précision...) ;
– social (assistantes sociales, cadres de collectivités, éducateurs...) ;
– paramédical (infirmières, masseurs-kinésithérapeutes, préparateurs en pharmacie, pédicures, podologues, prothésistes dentaires...) ;
– etc.

2.2. La qualité de l'établissement scolaire

Elle est reconnue à travers un certain nombre d'éléments dont on peut citer les principaux.

- L'importance et la diversité des offres d'emploi à la sortie.
- Le degré de participation des élèves à leur formation.
- L'importance des stages ou de la formation en alternance.
- La qualité des activités extra-scolaires.
- L'importance de la recherche.
- Les possibilités de spécialisation.
- Les matières enseignées.
- La qualité du corps professoral.
- La qualité de l'enseignement (petits groupes, pédagogie active...).
- Les installations (matériel informatique, confort des salles...).
- La difficulté d'entrer.
- Le niveau des étudiants à l'entrée.
- La durée des études.
- La reconnaissance du diplôme.
- Le niveau de salaire à la sortie.

Chapitre

5 LA SYNERGIE DES ATOUTS ET DES PROJETS

1. LES ATOUTS RECHERCHÉS SELON LES PROFESSIONS

1.1. Spécificité des atouts recherchés

Pour répondre aux attentes du recruteur, il faut mentionner dans votre lettre des atouts qui correspondent au poste recherché.

Les atouts recherchés ne sont évidemment pas les mêmes pour toutes les professions.

Par exemple, si le métier de contrôleur de gestion vous motive, l'esprit de synthèse, la rigueur et la méthode sont des qualités déterminantes. Vous « tomberiez à côté de la plaque » si vous citiez vos qualités de créativité, sens de l'esthétique, bonne culture générale et italien parlé couramment.

Les atouts mentionnés dans la lettre doivent « coller » à votre future profession.

1.2. Exemples d'atouts recherchés

Voici, à titre d'exemple, les atouts les plus souvent cités pour certains métiers ouverts en partie aux jeunes diplômés. Cette liste n'est pas exhaustive[1].

• **Ingénieur mécanicien, chef d'atelier** (20 % d'offres aux débutants) : connaissance de l'informatique (33 %), maîtrise de l'anglais (20 %), qualités relationnelles, sérieux, méthodique, sensible aux problèmes de qualité, coûts et délais, inventif et créatif, capable de prendre rapidement une décision.

• **Ingénieur électronicien, chef de fabrication** (25 % d'offres aux débutants) : diplôme d'ingénieur ou BTS en électronique, électrotechnique ou électromécanique, homme de communication et d'organisation, capable de dynamiser une équipe, soucieux des coûts et de la rentabilité.

• **Métreur (pour débutants – BTS ou DUT génie civil)** : disponibilité, mobilité géographique, sens des responsabilités, goût des

1. Source APEC, département études et développement.

contacts humains, aptitude au commandement, dynamisme, sens de l'organisation, sensible aux problèmes des coûts et délais.

- **Technicien d'entretien et de maintenance** (ouvert aux débutants – BTS mécanique, électronique, électromécanique, formation d'officier-mécanicien de la marine) : capacités de dialogue, sens du travail en équipe, sens de l'organisation, esprit d'analyse et de synthèse, pratique, autonome, grande disponibilité.

- **Rédacteur technique** (33 % d'offres aux débutants) : qualités rédactionnelles, esprit de synthèse, sens critique, goût de la communication, anglais souvent souhaité.

- **Chargé d'études marketing** (45 % d'offres aux débutants) : formation sciences économiques ou écoles de commerce, écoles d'ingénieurs (études quantitatives), formation psychologie (études qualitatives), connaissance en statistique et informatique (20 %), anglais (25 %), allemand (12 %), qualités d'analyse et de synthèse, rigueur, imagination, aisance rédactionnelle, qualités relationnelles.

- **Commercial** (ouvert aux débutants) : goût du contact et du terrain, habileté dans la négociation, aimant les défis, ténacité, entreprenant, ouvert aux produits ou services de l'entreprise, capable de comprendre les besoins du client.

- **Attaché clientèle** (Banques ou organismes financiers, 25 % d'offres aux débutants) : diplôme d'école de commerce, licence ou maîtrise d'économie ou de droit, diplômé ITB (Institut Technique de Banque) ou CESB (Centre d'Études Supérieures de Banque), aptitude à la vente, forte motivation pour les carrières bancaires.

- **Responsable entrepôt** (Transports, ouvert aux débutants) : DUT transport, logistique, techniques de commercialisation, disponible, débrouillard, diplomate, esprit d'initiative et de décision, sens de l'organisation, rigoureux, méthodique, meneur d'hommes.

- **Responsable de restaurant ou de cafétéria** (ouvert aux débutants) : BTS hôtellerie ou écoles de commerce, sens de l'organisation, esprit de décision, relations humaines, mobilité géographique, engagement personnel, concret, créatif, diplomate, sachant motiver une équipe.

- **Juristes d'entreprise** (22 % d'offres aux débutants) : licence, maîtrise ou doctorat en droit, parfois spécialisation demandée en droit des affaires, droit civil, droit du travail, droit fiscal, procédure, assurance, propriété industrielle, anglais (18 %), mobilité géographique, sens du contact, aptitude à la rédaction, rigueur, sens de la négociation.

• **Analyste financier** (12 % d'offres aux débutants) : école supérieure de commerce (option finances), formation universitaire en gestion, finances, sciences économiques, IEP (option économie-finances), rigueur, sens de la négociation, convaincant, efficace, réaliste.

• **Analyste programmeur** (20 % d'offres aux débutants) : IUT ou BTS informatique, MIAGE (Maîtrise d'informatique appliquée à la gestion), MIS (Maîtrise d'Informatique Scientifique), écoles d'ingénieurs (option informatique), connaissance au moins d'un langage évolué (Cobol...), dynamisme, sens du service, esprit logique et méthodique, aptitude à la communication, facilités d'adaptation et d'évolution.

• **Ingénieur système** (30 % d'offres aux débutants) : grande école d'ingénieurs (option informatique, électronique, télécommunications...), rigoureux, tenace, concret et disponible.

• **Designer** (ouvert aux débutants) : Beaux-Arts, arts appliqués, ESDI, arts déco, Boulle, École nationale supérieure de création industrielle..., curiosité, esprit pratique, sens esthétique, rigueur technique, imagination et prospective, homme de dialogue et de persuasion.

• **Secrétaire de direction** (15 % d'offres aux débutantes) : BTS de secrétariat de direction ou formation supérieure, bon niveau de culture générale, maîtrise des techniques de secrétariat (dactylo, sténo) et des outils bureautiques (machines à traitement de textes, micro-ordinateurs), aptitudes relationnelles, bonne présentation, diplomatie, qualités d'écoute, méthode, sens de l'organisation, esprit d'initiative, autonomie, disponibilité, qualités rédactionnelles.

• **Consultant, conseil en management** (offres pour débutants seulement en cabinet) : école d'ingénieurs ou de gestion, 3e cycle (MBA, ISA, INSEAD), enthousiaste, à l'aise dans les contacts, aimant analyser, structurer, argumenter et convaincre.

2. LES ATOUTS MENTIONNÉS DANS LES ANNONCES

2.1. Les types d'information d'une annonce

La révélation d'une offre d'emploi est porteuse, dans le même temps, d'une bonne et d'une mauvaise nouvelle.

Commençons par la bonne nouvelle ! L'offre d'emploi signifie que l'entreprise a un besoin réel, qu'elle en est consciente, qu'elle l'a identifié et qu'elle s'efforce de le formuler de façon claire. Cela doit donc emplir d'espoir tout candidat.

La mauvaise nouvelle ? Le besoin étant porté sur la place publique, le message est ainsi reçu par un grand nombre de rivaux qu'il faudra supplanter.

L'objet de notre analyse est donc de profiter au mieux de l'avantage constitué par l'information sur les besoins de l'entreprise pour surmonter le handicap de la concurrence.

■ Les informations « descriptives »

Ce sont les informations qui décrivent l'entreprise, le poste, le candidat. Nous pouvons citer quelques exemples.

Pour un technicien fluides : « Dans un contexte de production, vous serez chargé d'assurer le suivi et l'évolution des moyens de production et de distribution des fluides (gaz, air comprimé, vide, vapeur, eau...). De formation BTS-DUT (énergies, génie thermique, productique, mesures physiques), vous serez intégré dans une équipe jeune et pluridisciplinaire. »

Pour un ingénieur d'application : « Vous serez chargé des programmations et gammes de contrôle pour notre clientèle. De formation BTS mécanique ou équivalent. Le poste est à pourvoir en région parisienne. Des déplacements en province sont à prévoir. »

Pour un technicien de maintenance : « Après une formation spécifique, vous assurerez l'entretien préventif et curatif de systèmes automatisés de manutention et de tri. Niveaux : bac F3, BTS ou équivalent. »

Pour un technicien études et développement : « BTS/DUT plasturgie, mesures physiques (option techniques instrumentales). Il se verra confier des études liées aux conditions de transformation des matériaux : suivi des essais en atelier, mesures en laboratoire, animation d'une équipe, rédaction de rapports, etc. »

■ Les informations « alléchantes »

Leur vocation est psychologique, rassurer ou allécher le candidat. En voici quelques-unes :

- grandes possibilités de carrière ;
- secteur en pleine expansion ;
- entreprise leader sur son marché ;
- perspectives d'avenir ;
- entreprise dynamique ;
- vous aimez le profit ;
- vous aimez la vie à cent à l'heure ;
- poste à responsabilités accrues.

Ne vous y attardez pas et cherchez des indications plus instructives.

■ Les informations « travesties »

Nous attirons ici votre attention sur des formulations trompeuses qui ne doivent jamais être prises au pied de la lettre.

Il s'agit souvent d'informations peu agréables, voire dissuasives. Elles n'en correspondent pas moins à une nécessité réelle du poste qui contraint l'annonceur à les évoquer en les déguisant.

En voici quelques exemples :

La formule	*Son sens*	*Caractéristiques recherchées*
Gros gains possibles	Rémunération fixe dérisoire, rémunéré principalement à l'intéressement, rémunération immédiate faible	Grosses capacités de travail, ambitieux
Une ou deux années d'expérience souhaitées	Redoutons le gaffeur armé de bons sentiments	Maturité, sens des réalités, connaissance du secteur
Goût du terrain	Ira au « casse-pipe », affrontera les dures réalités du terrain	Mobilité, disponibilité, endurance
Soyez votre propre patron	Débrouillez-vous, vous serez en « liberté surveillée »	Indépendance, sens de l'organisation

2.2. La méthode d'analyse d'une annonce

■ Ventilation de l'information

Répartissez les informations en trois rubriques :

- entreprise ;
- poste ;
- candidat.

Exemple :

> Filiale française d'un groupe international de protection électronique contre le vol
>
> recherche
>
> TECHNICIEN DÉBUTANT
> SERVICE APRÈS-VENTE
>
> Votre mission consistera à assurer, en clientèle, l'installation et la maintenance de nos systèmes.
>
> Titulaire d'un bac STI ou BTS/DUT option électronique/électrotechnique, vous êtes autonome et disponible, vous possédez un sens relationnel développé et pratiquez l'anglais.
>
> Basé à Paris, des missions ponctuelles dans le Sud et le Sud-Ouest sont à prévoir.
>
> Merci d'adresser votre candidature s/ réf. OSS117 à...

Ventilation de l'information en trois rubriques :

Entreprise	*Poste*	*Candidat*
• Filiale française d'un groupe international de protection électronique contre le vol	• Technicien débutant • Service après-vente • Installation et maintenance de systèmes de protection électronique contre le vol • À Paris • Missions ponctuelles dans le Sud et le Sud-Ouest	• Bac STI ou BTS/DUT option électronique ou électrotechnique • Autonome • Disponible • Sens relationnel développé • Pratique de l'anglais

Hiérarchisation de l'information

Observez les éléments que l'annonceur a tenté de mettre en relief par un quelconque procédé. Les moyens sont multiples : grossissement, caractères gras, en italique, espacements, emplacements privilégiés (en haut, au centre, en bas), soulignement, encadrement, accompagnement d'épithètes ou d'adverbes, etc.

Le but de l'opération est de hiérarchiser les besoins de l'annonceur dans son ordre de priorité.

Dans le cas ci-dessus, le graphisme de l'annonce ne révélant pas grand-chose, vous pouvez choisir l'ordre qui vous arrange.

Par exemple :

1) votre intérêt pour l'électronique ;

2) votre pratique courante de l'anglais ;

3) vos qualités de contact.

TROISIÈME PARTIE

Comment présenter votre candidature

Chapitre

6 LA PRÉSENTATION DES ARGUMENTS

Les arguments constituent la partie essentielle de la lettre. Ils résultent directement de l'expression des atouts et des projets.

Le choix des arguments varie selon la procédure de sélection. Leur classement varie selon le type de candidature.

1. LE CHOIX DES ARGUMENTS SELON LA PROCÉDURE DE SÉLECTION

1.1. La procédure de sélection en établissement d'enseignement

■ Procédure sans entretien

Vérifiez que les atouts apparaissent explicitement dans le dossier scolaire et surtout dans le dossier de motivation s'il y en a un. Confirmez-les dans la lettre.

Par exemple : « Mon sens de l'initiative s'est manifesté lors du spectacle de théâtre que j'ai organisé. »

■ Procédure avec entretien

Dans ce cas, l'entretien permet de vérifier et compléter l'information transmise par les autres moyens de la procédure de recrutement. La lettre doit, ici, annoncer clairement, les atouts majeurs du candidat ; mais sans en révéler tout le contenu. Son message laissera ainsi au lecteur l'impression que tout n'est pas dit, qu'il y a encore des choses intéressantes à découvrir.

Dans ces circonstances, il est habile de souligner, dans la lettre, un point qui mériterait d'être développé lors de l'entrevue.

Par exemple : « Mon intérêt pour la mécanique, confirmé lors de deux stages, pourrait être développé lors d'un entretien que je vous prie de m'accorder. »

1.2. La procédure de sélection en entreprise

Les cas varient en fonction de la nature de la démarche.

Dans sa première phase, la procédure est toujours la même. Le candidat adresse un CV accompagné d'une lettre de motivation.

Si cette première démarche éveille l'intérêt du recruteur, le postulant est convoqué à un entretien qu'il s'agisse d'une recherche de stage ou d'emploi.

Pour la recherche d'emploi, ce premier entretien s'effectue habituellement avec le service du recrutement ou un cabinet de sélection. À cette occasion, le candidat passe quelquefois des tests. Si les premiers résultats sont jugés satisfaisants, le candidat est soumis à une série d'entretiens, notamment avec les services du personnel et le responsable hiérarchique direct. Les conclusions de chaque rencontre conditionnent le rendez-vous suivant. Le nombre des candidats en lice diminue à chaque étape.

L'entretien étant loin d'être systématique, il ne faut, dans un premier temps, compter que sur la lettre et le CV qui remplace ici le dossier scolaire.

L'objectif de la lettre est d'obtenir le premier entretien.

■ Procédure de candidature spontanée

Vérifiez dans le CV que la chronologie de présentation retenue, descendante ou remontante, donne la priorité aux meilleurs arguments.

Insistez sur vos motivations pour le secteur et pour l'entreprise. Vous obtiendrez facilement des renseignements sur un secteur ou une entreprise soit dans la presse économique soit par les personnes qui travaillent dans ce secteur ou cette entreprise.

Donnons l'exemple d'un poste « export ».

1) Pour le secteur :

« Le secteur de l'agro-alimentaire m'intéresse parce qu'il offre de bonnes opportunités à l'exportation. »

2) Pour l'entreprise :

« Votre société m'attire parce que sa position de leader national lui permet de faire face avec succès à la concurrence internationale. »

■ Procédure de réponse à une offre d'emploi

L'offre d'emploi fait l'objet d'un descriptif qui permet de mieux apprécier l'opportunité de la candidature. Il est utile, quelquefois, de modifier en conséquence la présentation de son CV.

La lettre aussi doit tenir compte des compétences et aptitudes mentionnées dans l'annonce d'offre d'emploi.

Par exemple (si l'annonce mentionne, pour un poste de comptabilité, « bonne connaissance de l'outil informatique et sens de l'autonomie ») :

« Lors de mon dernier stage, j'ai utilisé un logiciel de traitement de texte (Word), de comptabilité (Maestria), de paie (Europaie) et un tableur (Excel). »

« J'ai fait preuve d'autonomie en voyageant de façon indépendante pendant trois mois en Thaïlande. »

2. LE CLASSEMENT DES ARGUMENTS SELON LE TYPE DE CANDIDATURE

Ainsi vous avez choisi, en fonction de la procédure de candidature, les arguments qui vous permettront de composer une lettre originale.

Il vous reste, pour parfaire votre technique, à gérer ces éléments en fonction des différents types de candidature.

Le classement des atouts est une étape importante de la réalisation de la lettre de motivation. Voici les règles à suivre pour que ce classement se révèle efficace.

Nous avons évoqué auparavant les attentes majeures du recruteur. Celles-ci naissent dans son esprit selon un ordre particulier.

Si vous respectez cet ordre préférentiel, cela renforce l'efficacité de votre message.

Ainsi, le recruteur, découvrant immédiatement la réponse à la question qu'il se pose en priorité, ne peut être que satisfait. Cela l'incite à poursuivre sa lecture avec intérêt.

À l'inverse, le recruteur qui trouve systématiquement des réponses à des questions non prioritaires, éprouve vite une sorte d'irritation. Il est peu enclin à poursuivre avec toute l'attention souhaitée et peut même abandonner sa lecture.

Il est difficile de reconstituer l'ordre correspondant à la meilleure attente du recruteur.

Voici toutefois cinq exemples pour vous permettre de traiter les situations les plus diverses. Le système est suffisamment souple pour vous laisser toute latitude dans le choix des atouts.

L'ordre proposé n'est pas valable dans tous les cas. Vous pouvez donc le modifier à votre convenance dans certaines situations.

2.1. Complément de formation ou changement d'orientation (en établissement scolaire)

N°	Informations transmises	Arguments	Exemples de preuves
1	Finalité des études	Projet professionnel	« Je souhaite devenir expert-comptable car j'ai envie d'exercer une profession libérale. Être mon propre patron : c'est-à-dire travailler beaucoup, certes, mais choisir mon temps de travail. »
2	Réalisme du projet professionnel	Cohérence du projet par rapport aux études déjà effectuées ou aux autres atouts	« En participant à des régates, j'ai fait preuve de rigueur et de sens de l'organisation, qualités utiles pour un expert-comptable. D'autre part, j'ai eu la possibilité, l'été dernier, de faire un stage dans un cabinet d'audit international. »
3	Apport de l'établissement d'enseignement	Matières complémentaires indispensables par rapport au projet professionnel	« Pour réaliser mon projet, j'aimerais intégrer votre école (de gestion) et suivre, en 3e année, l'option finances-comptabilité. J'obtiendrais alors des équivalences pour le diplôme du DECS que je souhaite présenter. »
4	Aptitude à suivre l'enseignement et à s'intégrer facilement	Acquis prouvant les chances de réussite	« Mes études et expériences antérieures ont développé des capacités d'apprentissage et d'adaptation qui devraient faciliter mon intégration. »

2.2. Demande de stage (en entreprise)

N°	*Informations transmises*	*Arguments*	*Exemples de preuves*
1	Études effectuées	Qualité et niveau de la formation	« Actuellement en 1re année dans un IUT informatique, je souhaite devenir par la suite analyste-programmeur. »
2	Désir de faire un stage	Désir de réaliser une action efficace pour l'entreprise	« J'aimerais effectuer un stage de deux mois l'été prochain dans votre entreprise et réaliser une action ou étude informatique qui vous soit réellement profitable. »
3	Ouverture à divers emplois	Atouts divers par rapport aux emplois possibles	« Depuis plus de cinq années, je suis passionné par l'informatique et je connais déjà les langages Basic et Fortran. »
4	Choix du secteur	Opportunité du secteur	« J'oriente mes recherches vers le secteur des industries graphiques qui est, paraît-il, confronté à des bouleversements introduits par la micro-informatique. »
5	Choix de l'entreprise	Particularités de l'entreprise	« Le bureau des élèves m'a informé de ce que votre entreprise a recruté plusieurs fois des étudiants dans notre école pour des stages divers et intéressants. »

2.3. Demande de stage à l'étranger (en entreprise)

N°	Informations transmises	Arguments	Exemples de preuves
1	Désir de trouver un stage à l'étranger	Types de postes recherchés et atouts par rapport à ces postes	« Je recherche un stage pour réaliser des études d'analyse de marché à l'étranger. J'ai déjà effectué des enquêtes l'année dernière et cela a fait l'objet de mon mémoire de fin d'année. »
2	Ouverture à l'export et à divers pays étrangers	Goûts ou qualités pour l'export et pour les pays étrangers	« L'export demande une grande capacité d'adaptation au terrain et une large autonomie, ce dont j'ai fait preuve dans mes principales activités extra-scolaires. »
3	Choix du secteur	Opportunité du secteur	« Le secteur des biens de consommation non durables est particulièrement demandeur pour le type de mission que je recherche. »
	ou (et)		
4	Choix de l'entreprise	Particularités de l'entreprise	« J'ai lu dans *Les Échos* que votre entreprise souhaite intensifier son développement à l'étranger, notamment en Amérique du Nord et du Sud. »
5	Études effectuées	Qualité et niveau de la formation, langues étrangères parlées couramment	« Diplômé d'une école de marketing, j'ai étudié les techniques de la vente export, des études de marché et de promotion des ventes. Je parle anglais et espagnol. »

2.4. Recherche d'emploi par candidature spontanée

N°	Informations transmises	Arguments	Exemples de preuves
1	Choix du secteur	Opportunité du secteur	« Le secteur du BTP m'intéresse parce qu'il est en pleine mutation technologique. »
	ou (et)		
2	Choix de l'entreprise	Particularités de l'entreprise	« Votre société m'attire parce qu'elle se porte bien : ses parts de marché progressent constamment. »
3	Choix du poste sollicité	Goûts pour le poste et atouts divers par rapport au poste	« Le poste d'ingénieur travaux me convient parce qu'il fait appel au sens de l'organisation, des responsabilités, des contacts humains et du commandement. J'ai montré ces qualités dans mes stages et mes loisirs. »
4	Projets à moyen terme	Ambition et volonté de s'impliquer dans l'entreprise	« Je souhaiterais par la suite m'occuper d'une direction technique. »
5	Études et emplois effectués	Qualité et niveau de la formation et des postes occupés	« Diplômé de l'ICAM et spécialisé en génie civil, j'ai une bonne connaissance de l'anglais et de l'informatique. »

2.5. Recherche d'emploi par réponse à une annonce

L'annonce mentionne :

> Importante société d'ingénierie
> recherche
> pour son siège social en région parisienne
> **une secrétaire**
> **anglais impératif, allemand souhaité**
> Formation BTS ou équivalent.
> Ce poste demande une grande disponibilité,
> le sens de l'initiative
> et une bonne maîtrise des outils bureautiques.
> Formation assurée.

N°	*Informations transmises*	*Arguments*	*Exemples de preuves*
1	Études et emplois effectués	Qualité et niveau de la formation et des postes occupés	« Titulaire d'un BTS de secrétariat, je suis familiarisée avec les outils bureautiques. Trilingue, j'ai montré ma bonne pratique de l'anglais et de l'allemand lors d'un emploi à la société import-export GRINGO. »
2	Maîtrise des qualités recherchées	Situations dans lesquelles ces qualités se sont manifestées	« Étant célibataire, je suis totalement disponible pour m'investir dans votre société et me déplacer. Quant à mon sens de l'initiative, je l'ai manifesté lors de l'organisation de la fête d'un village. »
3	Goûts pour le secteur	Opportunité du secteur	« Le secteur de l'ingénierie me plaît parce que les perspectives sont bonnes, notamment avec l'ouverture des pays de l'Est et les besoins en équipements de protection de l'environnement. »
	ou (et)		
4	Goûts pour l'entreprise	Particularités de l'entreprise	« Votre société m'attire pour la formation complémentaire qu'elle se propose d'assurer. »
5	Prédilections pour le poste proposé	Goûts pour le poste et atouts divers par rapport au poste	« Lorsque j'étais monitrice d'une colonie de vacances, j'ai montré des qualités relationnelles, d'écoute et d'organisation, utiles à toute secrétaire. »

Chapitre

7 LES PRINCIPES DE RÉDACTION

1. LES RECOMMANDATIONS GÉNÉRALES

1.1. La présentation

– *Écrivez* de façon manuscrite pour permettre une éventuelle analyse graphologique. Ne tapez pas votre lettre à la machine à écrire ou en traitement de texte.

– *Écrivez* à l'encre noire ou bleue. Par exemple, n'utilisez pas les stylos rouges et verts.

– *Écrivez* lisiblement en utilisant éventuellement un guide-ligne.

– *Limitez* votre texte à 100 ou 200 mots (une page de préférence, deux au maximum). Utilisez deux feuilles de papier distinctes si vous écrivez sur deux pages. N'écrivez pas en recto verso.

– *Utilisez* du papier blanc uni, de 70 ou 80 grammes, format 21 x 29,7.

– *Utilisez* de préférence des enveloppes longues (1/3 du format).

– *Inscrivez* vos propres nom, prénom et adresse en haut et à gauche (même si cette lettre accompagne un dossier ou un CV qui donne déjà ces indications, car elle risque d'en être dissociée).

– *Inscrivez*, en dessous votre adresse, votre numéro de téléphone avec éventuellement les heures auxquelles on peut vous joindre ou la mention répondeur enregistreur.

– *Inscrivez* en haut (plus bas que votre nom et adresse) et à droite le nom, la fonction et l'adresse du correspondant. Faites précéder son nom de Monsieur ou Madame écrit en toutes lettres. Ne le faites pas précéder de « M. » ou « Mme » en abrégé. Précisez bien le service (si vous le connaissez) auquel votre lettre est destinée. Sinon, vous risquez une perte en cours de route.

– *Placez* la date dessus ou dessous l'adresse du correspondant en laissant un espace. N'oubliez pas de dater.

– *Débutez* votre texte après le premier tiers de la page. Laissez une grande marge à gauche, une plus petite à droite et en bas.

– *En début de paragraphe, marquez* un léger retrait en allant à la ligne ou alignez tout « à l'américaine ». Sautez une ligne pour séparer les paragraphes.

– Si vous écrivez sur deux pages, la formule de politesse et la signature doivent être sur la même page qu'au moins une partie du texte.

– *N'omettez* pas d'affranchir et affranchissez suffisamment.

– *N'oubliez* pas de signer.

– *N'envoyez* pas le double de la lettre au lieu de l'original.

– *N'envoyez pas* une enveloppe timbrée pour la réponse si on ne vous la demande pas.

– *N'indiquez pas* vos prétentions de salaire si on ne vous les réclame pas.

– *N'envoyez pas* une lettre mal pliée ou chiffonnée (qui risque d'être découpée par la machine à ouvrir les enveloppes), une lettre tachée, raturée, avec des fins de lignes achevées par des mots en accordéon.

1.2. Le style

☛ **Faites des phrases courtes.**

Plus une phrase est courte, mieux elle se retient. Un lecteur retient, en moyenne, une phrase de 13 mots à 100 %, de 17 mots à 65 % et de 40 mots à 35 % !

Ne dites pas : « De formation BTS comptable, ayant secondé pendant trois mois un chef de service en étant le relais actif entre la comptabilité immobilisations et la comptabilité fournisseurs, j'ai l'habitude de travailler de façon autonome et je suis capable d'assurer seul l'ensemble des tâches comptables de votre société (paie, déclarations, etc.) jusqu'au bilan. » Mais dites : « De formation comptable, j'ai secondé pendant trois mois un chef de service. J'étais le relais actif entre la comptabilité immobilisations et la comptabilité fournisseurs. Je suis capable d'assurer l'ensemble des tâches comptables de votre société. Habitué à être autonome, je peux m'occuper notamment des paies, des déclarations, des bilans. »

☛ **Ne commettez pas d'erreurs de langage.**

Ne dites pas (en parlant de l'entreprise) « votre demande d'emploi » mais votre « offre d'emploi ».

Ne dites pas « comme nous en avons convenu » mais « comme nous en sommes convenus ».

Ne dites pas « 5 à 6 personnes » mais « 5 ou 6 personnes ». *Ne dites pas* « j'ai fait la Grèce » mais « j'ai visité la Grèce ».

Ne dites pas « basé sur » mais « fondé sur ».

Ne dites pas « dans le but de » mais « dans le dessein de ».

Ne dites pas « de suite » mais « tout de suite ».

Ne dites pas « réaliser » mais « comprendre ».

Ne dites pas « je m'en rappelle » mais « je me le rappelle » ou « je m'en souviens ».

Ne dites pas « émotionner » mais « émouvoir ».

Ne dites pas « c'est le souhait que je formule » mais « c'est le souhait que je forme ».

Ne dites pas « deux alternatives » mais « deux éventualités » ou « une alternative ».

☛ **Quantifiez vos résultats.**

Ne dites pas « j'ai donné satisfaction » mais dites « on m'a demandé de rester un mois supplémentaire ».

☛ **Ayez un style précis et explicite.**

Ne dites pas « vous n'êtes pas sans savoir » mais dites « vous savez ».

Ne dites pas « mon analyse de la situation » mais dites « je pense que ».

Ne dites pas « opposer un refus » mais dites « refuser ».

Ne dites pas « le facteur compétitivité » mais dites « la compétitivité ».

Ne dites pas « caresser le projet de » mais dites « projeter ».

Ne dites pas « ce point mérite d'attirer votre attention » mais dites « ce point est important ».

Ne dites pas « réserver une suite favorable à ma requête dans le cadre de vos possibilités » mais dites « donner une réponse favorable à ma demande ».

☛ **Ayez un style déférent.**

Ne dites pas « je vous informe que » mais « je vous fais connaître que ».

Ne dites pas « je vous prie de vouloir bien » mais « je vous prie de bien vouloir ».

Ne dites pas « dès que possible » mais « le plus tôt qu'il vous sera possible ».

☛ **Ayez un style actif.**

Ne dites pas : « Une réorganisation de la structure de commandement avait été entreprise par le nouveau directeur général » mais dites « Le nouveau directeur général avait entrepris de réorganiser la structure de commandement. »

Ne dites pas : « Mon diplôme devrait me parvenir le 15 juillet » mais dites : « Je recevrai mon diplôme le 15 juillet. »

☛ **Ayez un style accrocheur.**

Dites « Mes trois ans d'expérience de technicien de maintenance me permettront de contribuer positivement à votre activité » plutôt que « J'ai trois ans d'expérience de technicien de maintenance ». Sauf cas exceptionnels, évitez les lettres provocantes et humoristiques pour « accrocher » à tout prix. Même écrites avec intelligence, elles sont risquées car souvent jugées déplacées (y compris dans le milieu de la publicité).

☛ **Ayez une expression simple et personnelle.**

Évitez : « Combien de fois ai-je rêvé d'intégrer votre prestigieuse entreprise, renommée dans le monde entier et dont les produits sont enviés par tous vos concurrents ! » ou « Je sollicite de votre haute bienveillance un rendez-vous. »

☛ **Évitez les répétitions.**

« Je parle bien l'espagnol. J'ai étudié l'espagnol en Espagne, dans une famille espagnole. »

☛ **Évitez les digressions.**

« J'ai toujours souhaité travailler dans votre belle région, l'Anjou. Ma grand-mère maternelle avait une propriété à trente kilomètres d'Angers et j'y passais des vacances fort agréables qui m'ont permis de mieux connaître et d'apprécier cette région et ses habitants. » Évitez surtout les digressions d'ordre privé : « Mon mari m'ayant quitté pour partir avec sa secrétaire, je suis dans l'obligation de trouver un travail. »

☛ **Évitez les supplications.**

« Veuve avec trois enfants à nourrir, sans chauffage depuis janvier, je m'adresse à vous dans l'ultime espoir d'obtenir un travail. »

☛ **Évitez les phrases creuses.**

« Très intéressé par votre offre d'emploi, je me permets de vous adresser cette lettre de motivation. »

« Par la présente lettre, je tiens à compléter le curriculum vitae ci-joint et à vous donner de plus amples informations sur ma personnalité. »

« La réputation de votre entreprise (ou la valeur de votre diplôme) n'est plus à faire. »

« Le sérieux (ou le dynamisme) de votre société est reconnu. »

☛ **Évitez le style prétentieux.**

« Un sens inné de la psychologie me permet de gérer les populations les plus diverses » ou « Je suis de la race des gagneurs ».

Évitez les superlatifs en parlant de vous-même : « J'ai été très apprécié lors de mon stage. »

☛ **Exprimez-vous à la première personne et non pas à la troisième personne.**

Évitez : « Veuillez recevoir la candidature d'un étudiant intéressé par votre offre » ou « Ce type de poste permet à un débutant de... ».

☛ **Utilisez le mode indicatif pour tout ce que vous voulez exprimer fermement comme n'étant pas négociable.**

Exemple : « Je serai disponible à partir du 1er septembre de cette année » ou « Je souhaite travailler pour un laboratoire car... ».

☛ **Utilisez le mode conditionnel pour ce que vous voulez faire sentir comme étant négociable.**

Exemple : « Je souhaiterais plutôt travailler dans un service de production » ou « J'aimerais m'orienter rapidement vers un poste offrant plus de mobilité ou de contact avec la clientèle ».

■ Jeu des 13 erreurs de style

Dans la lettre de Rosette Delion (cf. page suivante), trouvez au moins 13 erreurs de style. (La correction se trouve en annexe, p. 97.)

Rosette DELION
66, rue des 84 Saucissons Secs
57890 PORCELETTE

Monsieur Jean BONNOT
Société TAILLEFORTE
33, rue Gros
13110 PORT DE BOUC

Porcelette, le 17 février 2003

Monsieur,

Vous n'êtes pas sans savoir qu'il est difficile de trouver une bonne comptable.

Je vous informe que je suis très compétente dans les domaines de la comptabilité clients, comptabilité fournisseurs, comptabilité des stocks, comptabilité des immobilisations, paye, gestion de trésorerie, comptabilité analytique c'est à dire d'une part la prévision des budgets et le contrôle des écarts par rapport à cette prévision et d'autre part le contrôle de la rentabilité, à savoir l'affectation des charges par rapport au produit et le contrôle en vue de la diminution des coûts.

Je suis très interessée par votre société mondialement célèbre. C'est pourquoi je vous adresse cette lettre accompagnée de mon curriculum vitae. Je suis disponible de suite.

Si une place de comptable se libère, je serais très honorée d'obtenir un rendez-vous. Je formule le souhait que vous pourrez me recevoir dès que possible.

Avec mes remerciements, je vous prie d'agréer, Monsieur, l'expression de mes salutations distinguées.

J Delion

2. LA RÉDACTION DES ÉLÉMENTS CONVENTIONNELS

Ils correspondent à l'en-tête, la phrase d'introduction, la proposition de rendez-vous et la formule de politesse. L'inspiration en reste assez banale, quels que soient les efforts de certains candidats.

Il s'agit surtout d'écarter les formulations les plus maladroites. Le ton doit être déférent, sans familiarité ni flagornerie.

2.1. L'en-tête

Il indique que vous vous adressez à une personne et la saluez par cette formule.

Vous pouvez commencer par « Monsieur », formule passe-partout quand vous ignorez l'identité du correspondant.

« Madame » s'utilise chaque fois que vous savez avoir affaire à une personne du sexe féminin.

« Mademoiselle » s'utilise seulement si cette indication vous est précisée.

Si vous connaissez les fonctions de la personne, vous pouvez les inclure, par exemple : « Monsieur le directeur » ou « Monsieur le directeur des études ».

Mais cela peut présenter quelquefois des inconvénients. Ainsi « Monsieur le directeur des ressources humaines et des relations sociales » commence à être lourd à manœuvrer, et il existe plus long ! Dans ce cas il vaut mieux s'arrêter à « Monsieur le directeur » ou « Monsieur ».

Ne cherchez pas à flatter avec des titres pompeux. Ainsi n'écrivez pas Monsieur Augustin, président-directeur général, alors que vous savez qu'il est chef de service.

N'écrivez pas « Cher Monsieur » ou « Chère Madame » lorsque vous ne connaissez pas bien la personne.

2.2. La phrase d'introduction

Votre première phrase doit parler de ce qui intéresse l'autre et non pas de ce qui vous intéresse.

Montrez que vous avez identifié les besoins de l'entreprise, les profils recherchés.

« Vous recherchez un jeune technicien supérieur, titulaire d'un DUT génie thermique, pour l'exploitation d'une installation nécessitant goût et capacité du travail d'équipe. Cela rejoint mon projet. En effet.... »

« Votre descriptif du poste, connaissance du TTX incluse, correspond exactement à ma formation. »

« Vous recherchez une assistante commerciale pouvant s'installer à Montargis et acceptant de se déplacer deux jours par semaine dans d'autres régions. Ces conditions me conviennent car... »

Amenez habilement le premier argument.

Par exemple :

« Vous recherchez une assistante commerciale bilingue pour une entreprise de presse et de publicité. Ayant vécu six ans en Grande-Bretagne, je parle couramment l'anglais. Responsable pendant deux ans du journal de mon école, autofinancé par les encarts publicitaires que j'obtenais, je suis particulièrement motivée par votre secteur d'activité. »

Montrez que vous connaissez un peu le secteur ou l'entreprise (ou l'établissement d'enseignement) :

« Le secteur de l'automobile relève un nouveau défi avec les voitures propres, intelligentes et sûres. »

« Votre entreprise, leader mondial de... » ou « j'ai appris que vous aviez un département communication assez important ».

Évitez les formules commerciales du style :

« Comme suite à » ;
« La présente demande tend à » ;
« J'ai l'avantage de ».

Évitez aussi les formules conviviales du style :

« J'ai la joie de vous présenter ma candidature. »
« J'ai le plaisir de vous présenter ma candidature. »
« Je suis très heureux de vous présenter ma candidature. »

Évitez de commencer par expliquer comment vous avez pris connaissance de l'emploi offert (par un salarié de l'entreprise, par le bureau des anciens élèves, lors de votre stage ou d'un travail intérimaire, etc.). S'il s'agit d'une offre par annonces, il est préférable de mentionner à part, au-dessus de l'en-tête, l'intitulé du poste, le titre du journal, la date et la référence de l'annonce. Vous gagnez ainsi de l'espace pour votre argumentation.

2.3. La proposition de rendez-vous

Elle exprime votre désir d'être reçu. Elle doit laisser une impression de motivation réelle pour le poste ou l'entreprise.

Exemple : « Animer, gérer, suivre, développer. Quatre verbes qui illustrent mon désir de m'associer au développement de votre service après-vente. Ils serviront aussi, si vous le souhaitez, de préliminaires à un entretien que je vous prie de m'accorder. »

Vous pouvez donner l'impression que tout n'a pas été dit dans la lettre, le CV ou le dossier.

Exemple (pour un maquettiste) : « Lors d'un rendez-vous que je vous prie de m'accorder, je souhaite vous montrer plusieurs des affiches que j'ai réalisées. »

La demande de rendez-vous peut se fondre avec l'affirmation du dernier argument.

Exemple (pour une secrétaire médicale) : « Pendant deux ans, je me suis occupée d'une personne handicapée avec qui j'ai établi immédiatement un bon contact. Vous jugerez facilement de mes qualités relationnelles lors d'un rendez-vous que je vous prie de m'accorder. »

Vous pouvez préciser vos disponibilités, si vous travaillez provisoirement ou si vous ne résidez pas dans la même région.

Exemple : « Effectuant actuellement un stage en entreprise à Metz, je pourrais me rendre dans vos locaux pendant la première quinzaine du mois de mars » ou « Si cela était possible, je préférerais être convoqué après 17 h 30 ».

2.4. La formule de politesse

Évitez « les meilleurs sentiments » autant que « les dévouées salutations », « les remerciements empressés », « ma parfaite reconnaissance » et autre « admiration particulière » qui sont excessifs ou trop familiers.

La formule de l'en-tête doit être reprise intégralement dans la formule de politesse : « Je vous prie d'agréer, Monsieur le directeur, l'expression... » si vous avez utilisé « Monsieur le directeur » en en-tête.

Ne faites pas précéder la formule de politesse de « Dans l'attente de », « En vous souhaitant bonne réception », « Dans l'espoir que ma candidature », etc. Cela sous-entend que vous ne lui accordez vos sentiments distingués qu'à cette condition.

Si vous répondez à une lettre, *ne recopiez pas* systématiquement la formule de politesse dont votre correspondant s'est servi. Il n'est pas dans la même position et son statut professionnel est différent. Par exemple : s'il met « Veuillez agréer », écrivez « Je vous prie d'agréer », formule plus déférente.

Ne dites pas : « Je vous prie d'agréer à l'expression » mais « d'agréer l'expression ».

Ne dites pas : « Je vous prie de croire en l'expression » mais « je vous prie de croire à l'expression » (on croit en quelqu'un ou à quelque chose).

Voici quelques exemples de formules de politesse :

« Je vous prie d'agréer, Monsieur, l'expression de mes salutations distinguées. »

« Je vous prie de croire, Monsieur, à l'assurance de ma considération. »

« Je vous prie de recevoir, Monsieur, l'expression de ma parfaite considération. »

« Je vous prie de croire, Monsieur, à l'expression de mes sentiments distingués. »

« Je vous prie d'agréer, Monsieur (ou Madame) le doyen, l'expression de ma haute considération (ou de mes hommages les plus respectueux). »

« Je vous prie d'agréer, Monsieur le directeur, l'expression de mes sentiments respectueux. »

« Je vous prie d'agréer, Monsieur (ou Madame) le professeur, l'expression de ma considération très distinguée. »

« Je vous prie d'accepter, Madame, l'expression de mes respectueux hommages. »

■ Jeu des 20 erreurs

Dans la lettre de Jean Eymard ci-dessous, trouvez au moins 20 erreurs de présentation, de style, de rédaction. (La correction se trouve en annexe, p. 98.)

M. G. LE MAURAL
Directeur du Recrutement
Société LE GAI LURON
3, av. de la Veuve Joyeuse
78 370 PLAISIR

Monsieur Jean EYMARD
4, rue des Martyrs
95 470 FOSSES

V. annonce réf. 007 - Le Figaro du 3/2/03

Cher Monsieur,
Comme suite à votre annonce référencée ci-dessus pour un poste de responsable des stocks, j'ai la joie de vous présenter ma candidature.

Lors de mon stage à la société de gadgets Pladeram, je me suis occupé de la réception, du stockage et de l'expédition des matériaux. J'ai alors montré des qualités exceptionnelles qui ont été appréciées par mes supérieurs.

Mon sens de l'organisation et de l'ordre et d'autres qualités constituent des atouts dont j'aimerais vous convaincre lors d'un rendez-vous que je vous prie de vouloir bien m'accorder

Dans l'attente de votre réponse, veuillez agréer à l'expression de mes sentiments les meilleurs.

JE

3. LA RÉDACTION DES ARGUMENTS

Aidez-vous des tableaux d'inventaire[1] et des plans d'argumentation[2] dont nous avons fourni des exemples.

3.1. L'exposition

Pour chaque argument, improvisez un petit texte de cinq à dix lignes. Tentez de préciser au mieux tout ce qui pourrait être intéressant. Il s'agit ici uniquement d'un brouillon personnel.

Exemple :

« J'ai toujours souhaité être vendeur. C'est un métier de communication. Pendant les dernières grandes vacances, j'ai cherché un job dans ce domaine. Sous la responsabilité d'un chef d'équipe, on m'a confié la vente de tee-shirts. C'était dans la région de Juan-les-Pins/Antibes. Il y avait douze étudiants dans notre équipe. Nous étions rémunérés uniquement au pourcentage. Nous devions nous promener sur les plages et aborder les vacanciers pour leur proposer nos tee-shirts vendus 5 € chacun. Nous avions plusieurs tailles et modèles de dessins. J'ai obtenu les meilleurs résultats en réussissant à vendre 30 % de plus de tee-shirts que les autres étudiants de notre groupe. Pour cela j'ai utilisé l'humour, la gentillesse et la ténacité. »

3.2. La contraction

Maintenant, concentrez vos idées. Isolez les éléments essentiels et écrivez-les en condensé.

À ce stade, la forme et la clarté demeurent encore négligés.

Exemple de contraction du travail précédent :

« J'ai toujours souhaité être vendeur. Cet été, j'ai cherché et obtenu un job sur la Côte d'Azur. Il s'agissait de vendre aux vacanciers, sur les plages, des tee-shirts à 5 €, de plusieurs tailles et modèles. Dans une équipe de 12 personnes, j'ai dépassé de 30 % le chiffre

1. Cf. chapitre 3, 1.
2. Cf. chapitre 6, 2.

d'affaires des autres vendeurs. Pour cela, j'ai utilisé trois méthodes : l'humour, la gentillesse et la ténacité. »

C'est déjà plus court, mais pas suffisamment. De plus, c'est encore un peu confus.

3.3. La clarification

Clarifiez votre pensée. Au passage, la phrase est encore allégée. Il s'agit de vous focaliser sur le choix des mots et la structure de la phrase.

Exemple de clarification à partir de la synthèse précédente :

« Cet été, j'ai vendu des tee-shirts sur la Côte d'Azur. En utilisant trois méthodes, j'ai réussi à dépasser de 30 % le chiffre d'affaires des onze autres vendeurs de l'équipe. J'ai ainsi eu confirmation de mes aptitudes à la vente. »

L'affirmation est claire. Son auteur paraît décidé et sûr de lui. Probablement, le recruteur aimerait savoir ce que le candidat entend par trois méthodes afin de révéler ce qu'elles masquent. Voilà un prétexte d'entretien tout trouvé !

Ce n'est certes pas parfait. Houellebecq l'aurait mieux exprimé, sans doute différemment, mais il faut savoir s'arrêter.

Chapitre

8 UN EXEMPLE DE RÉALISATION

1. **Présentation du cas de l'étudiant**
   1.1. Le portrait de l'étudiant
   1.2. Le CV de l'étudiant
      – *Présentation de son CV*
      – *Commentaires sur son CV*
2. **Les arguments de l'étudiant**
   2.1. La recherche et la sélection des atouts
      – *Aptitudes*
      – *Compétences*
      – *Motivations*
   2.2. Le classement des arguments
3. **La rédaction de la lettre de l'étudiant**
   3.1. L'exposition des arguments
   3.2. La lettre achevée

Pour illustrer la façon de travailler à l'aide de la méthode proposée dans ce guide, nous simulons maintenant une réalisation de lettre par un étudiant.

1. PRÉSENTATION DU CAS DE L'ÉTUDIANT

1.1. Le portrait de l'étudiant

L'étudiant Jean Transsen a vingt-deux ans. Il sort d'une école supérieure de commerce.

Après avoir suivi l'enseignement généraliste des deux premières années d'étude, il a opté pour une spécialisation en marketing la troisième année.

Pendant la durée de sa scolarité, Jean a effectué trois stages plus un « job » d'été.

Un stage ouvrier préalable était vivement conseillé par plusieurs grandes écoles dont il présentait le concours.

À l'issue de son année de classe préparatoire, il a travaillé un mois en RFA en qualité de manutentionnaire dans une entreprise de mécanique. Il s'est alors trouvé avec d'autres travailleurs émigrés, comme lui, mais d'origines ethniques, sociales et religieuses fort différentes. Puisqu'il fallait une expérience nouvelle, autant maximiser le changement. Il ne fut pas déçu.

Ses autres expériences eurent lieu en France.

L'été qui a suivi sa première année d'école, il se vit confier un poste de guichetier dans une banque.

En fin de deuxième année, il obtint un emploi au service marketing d'un fabricant d'électroménager. Il avait en effet souhaité que son stage fût en rapport avec l'option qu'il se proposait de suivre l'année suivante. Diverses petites missions lui furent ainsi confiées.

Il eut notamment pour tâche de réaliser l'argumentaire de vente, remis aux vendeurs de magasin, pour le dernier modèle de robot ménager vingt-quatre fonctions (RM24FLuxe).

Outre ses stages, il a travaillé deux mois d'été en qualité de pompiste dans une station d'autoroute. C'était, sur les conseils d'un de ses camarades, « un bon moyen de se faire du blé ». Il venait de passer son baccalauréat C.

Les étés précédents, il passait le mois de juillet chez son correspondant à Charlottesville en Virginie et le mois d'août à Cabourg, où ses parents possèdent une maison.

À part cela, Jean a tout de même quelques loisirs.

Il est joueur de rugby et capitaine de l'équipe de l'école, depuis deux ans. Il est très apprécié de ses camarades qu'il sait animer et encadrer. Il fait également preuve de méthode et d'organisation si nécessaire, lors des déplacements par exemple. Il a beaucoup contribué aux excellents résultats obtenus par l'équipe durant ces deux années.

Il s'intéresse aux arts plastiques. Il fait lui-même un peu de dessin. Il se tient au courant, visite des expositions et se rend à diverses manifestations.

Il participe à l'association « Création et tradition », dont l'objet est de promouvoir l'actualité d'un artisanat régional, persistant en France, malgré le développement des productions industrielles. Dans ce cadre, il a eu la charge de concevoir l'agencement d'une exposition itinérante d'articles de poterie régionale, présentée dans plusieurs centres commerciaux en France. Il s'est principalement attaché à ce que les objets soient mis en valeur par les éclairages et que la présentation soit décorative et attrayante.

Avant de travailler directement dans la fonction marketing, il souhaite avoir une expérience enrichissante de commercial. En premier emploi, ces postes sont plus faciles à trouver. Plus tard, cela peut lui servir pour une direction commerciale et marketing.

Aujourd'hui, il démarche, pour un poste de commercial, le département boissons aromatisées d'une importante firme alimentaire dont une grande partie du chiffre d'affaires est réalisée à l'étranger, notamment dans les pays anglo-saxons.

1.2. Le CV de l'étudiant

Le curriculum vitae de Jean Transsen doit être modifié en fonction des nouveaux atouts qu'il s'est trouvé et du poste de vendeur convoité.

■ Présentation de son CV

TRANSSEN Jean (1)
25, rue Barbe - 75017 PARIS
Tél. : 01.23.45.67.89

22 ans - né le 11.08.81

Formation École supérieure de commerce, option marketing (2)

Études (3)

2003	Diplômé de l'ESLSCA (École Supérieure Libre des Sciences Commerciales Appliquées)	
2002/2003	Spécialisation marketing	(4)
2000/2002	Formation générale : communication, gestion, économie, droit	(4)
1998/2000	Classe préparatoire au haut enseignement commercial à PCS Paris	
1998	Baccalauréat S	

Stages

2002 - 2 mois Fabricant électroménager – *Electro Vroum* – 58 Nevers (5)
• conception (6) d'un argumentaire de vente, dans le cadre du (6)
lancement d'un nouveau robot ménager RM24F (7)
• réalisation d'un support spécial pour l'argumentation de vente (8)
par téléphone (8)
• recherche d'arguments à partir de propriétés techniques (8)
• analyse des caractéristiques du produit (8)

2001 - 1 mois Banque de dépôt – *Banque Occidentale de Financement* – 29 Brest (5)
• exécution de toutes les opérations de guichet (9)

2000 - 2 mois Fabrication de pièces mécaniques – *Schwartzkempf Gbmh*
- RFA Stuttgart (5)
• manutention (9)

1999 - 2 mois Distributeur produits pétroliers – *Slurp Service* – 21 Beaune (5)
• gestion des linéaires de la boutique, dynamisation commerciale,
petites prestations d'assistance à la clientèle et tenue de caisse (10)

Langues (11)

Anglais : lu, écrit, parlé (6 mois de séjours aux USA) (12)

Allemand : lu, écrit, parlé (1 mois de séjour en Allemagne) (12)

Loisirs (13)

Arts plastiques : conception et réalisation de présentoirs originaux (14)
pour une exposition – vente itinérante d'articles de poterie,
traitement particulier des éclairages, réalisations graphiques. (15)

Rugby : animation d'une équipe (16)

* Les appels de notes renvoient aux commentaires, page suivante.

■ Commentaires sur son CV

(1) Il se ménage une petite place pour mettre une photo (en noir et blanc) seulement si on la lui demande.

(2) Il fait ressortir son niveau général de formation et sa spécialisation avant d'entrer dans le détail. Ce qui lui permet dans le même temps de montrer l'adéquation de sa formation avec le poste souhaité.

(3) Il choisit une chronologie remontante qui lui permet de commencer par les arguments les plus intéressants par rapport à un poste de vente. Sa dernière année d'étude et son dernier stage sont en effet, dans ce cas, ses meilleurs atouts.

(4) Il précise, en quelques concepts généraux, la nature de sa formation, ce qui lui permet de faire apparaître ses deux formations fortes (marketing et communication).

(5) Il précise le cadre de ses interventions selon la règle du général au particulier, dans un souci de clarté.

(6) Il détaille son stage le plus important par rapport à la démarche commerciale.

(7) Il précise la nature et l'intérêt de sa mission.

(8) Il liste les tâches exécutées, dans l'ordre décroissant d'intérêt pour un futur vendeur (objectif du CV) et non pas dans l'ordre chronologique où elles ont été effectuées.

(9) Il ne « gonfle » pas artificiellement les deux stages plus banals (par rapport au contexte actuel de la recherche). S'il avait cherché un emploi dans une banque ou un service de personnel, les choses auraient été différentes.

(10) Il trouve une expression pour qualifier (sans mentir) l'activité particulière qu'il a eue alors qu'il était employé officiellement en qualité de pompiste.

(11) Il commence par la langue qu'il maîtrise le mieux.

(12) Il quantifie la durée des séjours.

(13) Il cite seulement les deux loisirs qui démontrent des aptitudes et des compétences utiles au métier de vendeur. Il ne dit pas qu'il aime le cinéma jugeant que cela n'apporterait rien de plus.

(14) Il commence par le loisir qui fournit la meilleure expérience par rapport à la vente.

(15) Il hiérarchise les sujets toujours en considérant l'efficacité par rapport à l'objectif de vente.

(16) Il extrait de cette expérience l'élément intéressant pour un vendeur.

2. LES ARGUMENTS DE L'ÉTUDIANT

2.1. La recherche et sélection des atouts

Nous présentons ici le bilan réalisé par l'étudiant Jean Transsen selon la méthode des points forts[1].

ARGUMENTS	Preuve n° 1	Preuve n° 2	Preuve n°3
Aptitudes			
Négocier avec diplomatie	stage RFA	pompiste	stage marketing
Pieds sur terre	expo	stage marketing	
Organisation, rigueur	expo	rugby	
Aller au bout	stage RFA	stage marketing	expo
Animer, expliquer	rugby		
Ponctualité, combativité	rugby		
Compétences			
Communication	stage marketing	guichetier	RFA
Marketing	stage	option	
Gestion	scolaire		
Droit	scolaire		
Économie	scolaire		
Anglais	séjour 1 mois x 6	10 ans de scolarité	
Allemand	séjour 1 mois	6 ans de scolarité	
Motivations			
Goût de l'expérience	pompiste	guichetier	RFA
Goût pour le marketing	stage marketing	option	
Goût pour l'invention, la création, l'innovation	expo	dessin	
Goût pour l'action	rugby	jobs	stages

1. Cf. chapitre 2.

2.2. Le classement des arguments

Jean Transsen, agissant par candidature spontanée, va se servir du modèle de classement fourni[1].

Il établit son canevas sur ce plan et en allant puiser les informations sur ses tableaux d'atouts[2].

Il tient compte également de ce qu'il a déjà fait apparaître sur son CV[3].

N°	Informations transmises	Arguments	Exemples de preuves
1	Choix du secteur	Motivé par le secteur alimentaire pour les possibilités d'innovation	Expo, dessin
2	Particularités de l'entreprise	Motivé par l'activité nouvelles boissons pour les possibilités d'innovation Motivé par la clientèle anglo-saxonne	Expo, dessin Parle anglais couramment, 6 fois 1 mois dans le pays + 10 ans d'étude
3	Choix du poste sollicité	Motivé par l'action Aptitudes à la vente	Rugby, jobs, stages Ai négocié avec diplomatie stage RFA, job de pompiste ; animation, combativité (rugby)
4	Projets à moyen terme	Motivé par le marketing	Stage marketing et option marketing
5	Études et emplois	Compétences en communication Compétences en marketing Compétences en anglais	Rugby, stages Stages, option Parle anglais couramment

1. Cf. chapitre 6, 2.
2. Cf. chapitre 8, 1.
3. Cf. chapitre 8, 1.

3. LA RÉDACTION DE LA LETTRE DE L'ÉTUDIANT

3.1. L'exposition des arguments

L'étudiant Jean Transsen applique les principes de la méthode d'écriture développés auparavant[1]. Nous rappelons que l'ordre proposé est facultatif.

En s'inspirant de la totalité des éléments contenus dans la zone 1 de son canevas, Jean Transsen propose les idées suivantes :

« Le secteur alimentaire est en perpétuelle mutation : micro-ondes, recettes minceur, produits bio, boissons aromatisées, « do it yourself », nouveau frais, plats cuisinés par les grands chefs, emballages sous vide, etc. Ce secteur me plaît pour son côté créatif. Il m'attire parce qu'on peut y avoir des idées novatrices et les mettre en application. Pas seulement pour la réalisation de recettes ou de produits nouveaux (tels les surimis, préparations à base de poisson aromatisé notamment au crabe), mais aussi pour les présentations originales qui accompagnent ces produits ou recettes. Or, il se trouve que j'ai manifesté moi-même des qualités d'innovation. Lorsque j'ai conçu et réalisé des présentoirs originaux pour une exposition de vente itinérante d'articles de poterie. Également lorsque j'ai fait des réalisations graphiques. »

Puis, en s'inspirant de la zone 2, il obtient, par exemple :

« Quant à votre entreprise, je sais qu'elle propose des nouvelles boissons aromatisées et qu'elle réalise une bonne partie de son chiffre d'affaires à l'exportation, surtout avec les pays anglo-saxons. »

À partir de la zone 3 :

« Un poste de vente me conviendrait sûrement car il exige un goût de l'action et des qualités de négociation et de communication pour convaincre le client. Lors de mes stages (en marketing, en station-service et en usine), de mes jobs (pompiste, guichetier) et de mes activités de capitaine d'une équipe de rugby, j'ai pu constater, de façon flagrante, que je possédais ce goût et ces qualités. Les circonstances étaient différentes mais l'objectif était chaque fois le même, arriver à persuader un interlocuteur : les vacanciers à la boutique, les vendeurs des magasins (lorsque je leur ai proposé mon argu-

1. Cf. chapitre 7, 3.

mentaire) et mes camarades de travail en Allemagne (en leur démontrant que j'étais capable de m'adapter à leur mode de vie). Je n'ai pas peur des difficultés. Je suis tenace et combatif. Je l'ai montré notamment dans le rugby ou pour obtenir mes stages et mes jobs d'été. »

À partir de la zone 4 :

« Ma formation en marketing est solide. Elle a été renforcée par un stage. Commencer par la vente est un atout supplémentaire, à mon avis, pour parvenir par la suite à une direction marketing ou une direction commerciale et marketing. D'autre part, il est plus facile de trouver un premier emploi dans la fonction commerciale. Lorsque j'aurai fait mes preuves dans la vente, je pourrai alors me lancer avec un maximum d'atouts dans la carrière marketing que je souhaite. »

À partir de la zone 5 :

« Je suis diplômé d'une école supérieure de commerce de Paris : ESLSCA (École Supérieure Libre des Sciences Commerciales Appliquées) qui apporte une formation généraliste à la gestion. J'ai suivi en 3e année une spécialisation au marketing. Je parle couramment anglais, ce qui constitue un "plus" pour votre entreprise puisqu'une grande partie de votre clientèle est anglo-saxonne. »

L'étudiant Jean Transsen procède maintenant à la contraction et à la clarification du texte. Puis il classe ses idées dans l'ordre qui l'arrange. Dans le cas présent, il maintient l'ordre initial. Enfin, il ajoute les éléments conventionnels.

Le texte de la lettre finale, au style un peu accrocheur puisqu'il s'agit de la recherche d'un poste commercial, comporte 10 phrases et 136 mots (soit une moyenne de 13,6 mots par phrase).

3.2. La lettre achevée

Jean TRANSSEN
25, rue Barbe
75005 PARIS
Tel 01 00 00 00 01

Monsieur I. GRAICQUE
Responsable du recrutement
Société HIKSE
7, avenue Komenfeh.
67000 STRASBOURG

Paris, le 10 mai 2003

Monsieur,

Le secteur alimentaire ne cesse d'innover : boissons aromatisées, produits bio, recettes minceur... Ce marché m'attire car j'ai un penchant pour la créativité. J'ai notamment conçu et réalisé des présentoirs et des graphismes originaux.

Votre entreprise fabrique des produits novateurs que j'aimerais promouvoir, en particulier auprès de votre clientèle anglo-saxonne.

C'est pourquoi je sollicite un poste commercial dans votre société. Trois stages et différents loisirs illustrent mes aptitudes à l'action et à la négociation.

De plus, une petite pratique de la vente me semble nécessaire pour aborder dans les meilleures conditions la carrière marketing que j'ai préparée.

Diplômé d'une grande école de commerce, option marketing, je parle couramment anglais.

Vous pourrez juger facilement de mes aptitudes relationnelles lors du rendez-vous que je vous saurais gré de m'accorder.

Je vous prie d'agréer, Monsieur, l'expression de mes sentiments distingués.

J Transsen

Annexe

Correction du jeu des 13 erreurs de style

1) « Vous n'êtes pas sans savoir » : il vaut mieux dire « vous savez ».

2) « Je vous informe que » manque de déférence. Il vaut mieux dire « je porte à votre connaissance que ».

3) « Je suis très compétente » : le superlatif est en trop. Cela fait prétentieux. « Je suis compétente » passe mieux.

4) « ... dans les domaines de la comptabilité clients, comptabilité fournisseurs, comptabilité des stocks, comptabilité des immobilisations, paye, gestion de trésorerie, comptabilité analytique » : le mot « comptabilité » est répété à tort cinq fois.

5) « ... c'est-à-dire d'une part la prévision des budgets et le contrôle des écarts par rapport à cette prévision et d'autre part le contrôle de la rentabilité, à savoir l'affectation des charges par rapport au produit et le contrôle en vue de la diminution des coûts » : ce sont des digressions inutiles.

6) « Je vous informe que je suis très compétente dans les domaines de la comptabilité clients, comptabilité fournisseurs, comptabilité des stocks, comptabilité des immobilisations, paye, gestion de trésorerie, comptabilité analytique, c'est-à-dire d'une part la prévision des budgets et le contrôle des écarts par rapport à cette prévision et d'autre part le contrôle de la rentabilité, à savoir l'affectation des charges par rapport au produit et le contrôle en vue de la diminution des coûts » : la phrase est bien trop longue. Il vaut mieux dire :

« Compétente en comptabilité clients, fournisseurs, stocks, immobilisations, paye, gestion de trésorerie, analytique, je recherche... »

7) « Mondialement célèbre » manque de simplicité.

8) « C'est pourquoi je vous adresse cette lettre accompagnée de mon curriculum vitae » : c'est une phrase creuse, sans intérêt.

9) « Si une place de comptable se libère » : le style n'est pas assez accrocheur.

10) « De suite » constitue une erreur de langage. Il faut dire « tout de suite ».

11) « Je serais très honorée » manque de simplicité.

12) « Je formule le souhait » est une faute de langage. Il faut dire « je forme le souhait ».

13) « Dès que possible » manque de déférence. « Le plus tôt qu'il vous sera possible » est préférable.

Correction du jeu des 20 erreurs

1) Le nom et l'adresse du correspondant sont écrits trop haut.

2) Monsieur n'est pas écrit en toutes lettres devant le nom du destinataire.

3) Il manque la date.

4) L'espace entre l'en-tête et le texte est insuffisant.

5) « Cher Monsieur » est trop familier.

6) « Comme suite à » est une formule commerciale inadaptée à la situation.

7) « J'ai la joie de vous présenter ma candidature » est une formule trop conviviale.

8) « Des qualités exceptionnelles » est un peu prétentieux.

9) « Qui ont été appréciées par mes supérieurs » : les résultats ne sont pas quantifiés. C'est une erreur majeure.

10) « Vous convaincre » est maladroit. Il vaut mieux dire « vous entretenir ».

11) « Vouloir bien » manque de déférence. Il faut dire « bien vouloir ».

12) « Dans l'attente de votre réponse » : cette formule est à bannir, car elle sous entend que le destinataire de la lettre n'est salué qu'à cette condition.

13) « Veuillez agréer » manque de déférence. Il vaut mieux écrire « je vous prie d'agréer ».

14) L'en-tête « Monsieur » n'a pas été repris dans la formule de politesse.

15) « Agréer à l'expression ». Il faut dire « agréer l'expression ».

16) « L'expression de mes sentiments les meilleurs » est trop familière.

17) Le texte débute trop haut.

18) Les marges de gauche et de droite sont insuffisantes.

19) Certaines fins de ligne sont remontées ou serrées à tort : « qualités », « m'accorder », « l'expression ».

20) La signature a été remplacée par un paraphe.

Composé par
PCA - 44 400 Rezé

Achevé d'imprimer
sur les presses de JOUVE - Paris

N° d'éditeur : 3193
N° d'imprimeur : 375919G
Dépôt légal : juin 2005
Imprimé en France